JN211421

旅立ち

ふたつぼし(零)

中谷航太郎

角川文庫
19818

目次

第一章

一

「兵《へい》ノ介《すけ》、さっさと支度しろ」

　とっくに目を醒《さ》ましているくせに、ぐずぐずと寝床を離れない息子を、矢萩一郎《やはぎいちろう》太《た》は叱りつけた。

「だって、父上、ゆうべは雨が降ってたよ。今朝の稽古《けいこ》は休みでしょ」

「雨など、とっくに上がった。それになんだ、いまの言葉遣いは」

　ついでに注意したが、兵ノ介は意に介したふうもなく、

「えーっ、雨、上がっちゃったの」

　眉《まゆ》を八の字にした。

　兵ノ介は、数えの八歳で、まだまだ幼いところが残っている。そんな仕草にも、親心をくすぐる愛嬌《あいきょう》が溢《あふ》れていた。

「ぐずぐずするな！」

一郎太が、声をきつくすると、

「どっこいしょ」

やっと兵ノ介が、寝床を這《は》って出た。首筋をぽりぽり掻《か》き、

「春眠暁を覚えずってほんとだな」

しみじみと呟《つぶや》いた。

――まったく、なにをいいだすかと思えば。

一郎太は笑いを押し殺したが、つい、頬を緩めてしまったらしい。

兵ノ介が口元を手で隠し、くつくつと忍び笑いを漏らした。

これでは親の威厳もなにもあったものではない。

――また、やってしまった……。

一郎太は、きょうも朝から、溜息《ためいき》を吐く羽目に落ちた。

もっとも、兵ノ介は手のつけられない悪童ではない。いわゆる腕白坊主で、性格もひねたところがなく、伸び伸びと育っている。

「行くぞ」

一郎太は、着替え終えた兵ノ介を促がした。

ここは、橋本町《はしもとちょう》二丁目の裏通りに面した、二階建ての素人屋である。築は古く、軒も傾きかけているが、部屋数はそれなりにあり、二階の二間を寝室にしていた。

隣室では、妻の郁江《いくえ》と娘の志津《しづ》が寝息をたてている。一郎太は足音をさせずに階段を下りた。

兵ノ介が、抜き足、差し足、忍び足で追ってくる。

外へ出ると、薄明かりが差し始めていた。

もうじき初夏を迎える季節になったが、早朝の空気はひんやりと肌寒さを覚える。寝起きの頭も醒めたようで、兵ノ介の生欠伸《あくび》が、ぴたりと止まった。

昨夜の雨でぬかるんだ道を、父子《おやこ》は木刀を軽く振って肩慣らしをしながら、ゆっくりと歩いた。

肩が温まった頃には、家から二町（約二二〇メートル）離れた神田川《かんだ》に架かる新《あたら》シ橋に至った。

橋は渡らず、濡《ぬ》れた青草の上を、足を滑らさないよう気をつけて土手を下りる。

河原に立った一郎太は、靄《もや》の漂う大気を、胸いっぱいに吸い込んだ。

『朝』を吸い込む気持ちで、大気を体のすみずみまでゆきわたらせるのが、新たな一日を迎える儀式ともなっていた。

かたわらでは、兵ノ介が素振りを始めている。

稽古はいつも同じ内容なので、いちいち指示する必要はない。

「えいっ、えいっ……」

兵ノ介の気合声が、一郎太の耳に心地良く響いた。

あんなに面倒臭がっていたわりに、兵ノ介は身を入れて朝稽古に取り組んでいる。

一郎太は、しばらく兵ノ介の素振りを見守った。手直しすべきところを探してのことだが、これといって見つからなかった。

むしろ、一郎太は舌を巻いていた。

兵ノ介と同じように、幼い時分から稽古を始めても、ここまで上達する子は滅多にいない。

それは親の贔屓目《ひいき》ではなく、町道場の師範代の眼から見ても、兵ノ介の素質は本物だった。

しかも、兵ノ介は体格がよく、すこぶる健康で膂力《りょりょく》もある。まさに剣術の申し子といっても過言ではなかった。

——それだけに、惜しい。

素質と体力に恵まれていても、それだけでは足りない。剣術の才が開花するには、あと二つ必要な要素がある。

ひとつは本人のやる気だ。

自分には、この道しかないと一途《いちず》に思いつめるくらいでないと、上達すら見込めない。

ましていまは、『武』よりも『文』が尊ばれるご時世である。

一郎太自身、幼少の頃から剣術の稽古に勤《いそ》しんできたが、町道場の師範代にしかなれなかった。

そういう意味では、我が子に剣の道を歩ませるのも、親としては迷うところだ。

あとひとつは、斬るか斬られるかという、命の瀬戸際に立つことである。

強敵と闘い、ぎりぎりの間境を切り抜けねば、剣の達者にはなれない。

そしてこれもまた、泰平の世では望むべくもないことだ。

ようするに時代である。

剣の腕前がなにより求められ、かつ、生きるか死ぬかの世であれば、兵ノ介の剣の才も見事、花開くであろう。

兵ノ介ほどの天稟《てんぴん》を備えた者なら、類《たぐ》い稀《まれ》な名人達人として、後世に名を残すこともできない話ではない。

しかし、人は生まれる時代を選べない。所詮《しょせん》、ないものねだりというもので、ぐちぐち考えてもなにも始まらない。

「おうっ！」

雑念を払うためにも、一郎太は気合を込めて、木刀を振るい始めた。

そこからは、父子で競うように木刀を振り続けた。

兵ノ介の木刀が空気を裂く音が、いくぶんか軽く感じられたのは、型稽古に移ったときだった。

そうなった原因は、兵ノ介にではなく、別のところにあった。

兵ノ介の木刀は、長さが一尺八寸である。

もう二寸短い木刀から、三月前に変えたばかりだった。

変えた当初は、持て余していたその木刀を、兵ノ介は楽々と操っている。

毎日、接しているので見落としたが、たった三月で、兵ノ介の背丈は一寸近く伸び、腕や肩の肉づきも、ぐんと良くなっていた。

――あんなに小さかった子が、しかも死にかけていた子が……。

臍《へそ》の緒が付いたまま捨てられていた赤子の姿が、脳裏に浮かび上がった。

一郎太は、不覚にも涙ぐんだ。

兵ノ介が捨てられた事情は、いまでもまったくわからない。

当時は、神田紺屋町《こんやちょう》に住んでいた一郎太は、新シ橋よりも一本、上流に架かる和泉《いずみ》橋の下で朝稽古をしていた。

そんなある日、一郎太は早朝の河原で、不審な男を目撃した。

背中を向けていたので、顔は見えなかったが、派手な着物を纏《まと》った遊び人風の男だった。

「そのほう、なにをしておる」

一郎太がかけた声に、一瞬、振り向いた男が、慌てて逃げだした。

その際、男は水際に横たわっていた赤子——そのときはまだ赤子とも気づかなかった——を川へ蹴《け》り落としていった。

一郎太は、流れに呑《の》まれた赤子を助けるのが手一杯で、男を追うどころではなかった。

川へ飛び込んで救い上げた赤子は、肌が紫色に変色し、息も絶え絶えになっていた。

界隈《かいわい》の住人はまだ起き出していなかったので、一郎太は赤子を抱いて家へ走った。

もしあのとき、妻の郁江が適切な処置を取らなければ、赤子の命はなかっただろう。

裸の赤子を腕に抱き、血相を変えて台所へ飛び込んできた一郎太に、朝餉《あさげ》の支度をしていた郁江は目を丸くして驚いたが、

「川に落ちた」

と聞くや赤子を受け取り、

「あなたは、すぐにお湯を沸かして下さい」

寝床へ駆け込んだ。

着物を脱いで赤子と肌を合わせた郁江が、

「きゃっ」

悲鳴を上げたほど、赤子の体は冷えきっていた。

凍え死にしかけていた赤子の肌に生色が戻り、小さな指がぴくぴく動くようになったのは、湯を張った盥《たらい》に赤子を浸し、しばらくしてのことだった。

そのとき初めて、一郎太が赤子を連れ帰るに至った経緯を知った郁江が、

「これが、この子の産湯になりましたね」

呟いた一言は、いまでも一郎太の耳奥に残っている……。

「父上、どうかしたの？」

額に浮かせた汗を、きらきらと曙光《しょこう》に光らせた兵ノ介が、小首を傾げて見つめている。

「どこからでも、かかってこい！」

一郎太は、兵ノ介と組稽古を始めた。

二

「お代わりっ！」

空になった茶碗《ちゃわん》を、兵ノ介が元気よく差し出した。

ただでさえ兵ノ介は食欲が旺盛《おうせい》なうえに、朝稽古で腹を空《す》かせている。これで三杯目だった。

「はいはい」

茶碗を受け取った郁江が、お櫃《ひつ》の蓋《ふた》を開けたとき、

「兵ノ介さん」

郁江の隣にいた志津が、澄ました顔でいい、箸《はし》を置いて、自分の頬に人差し指を

当てた。

矢萩家には二人の子供がいる。志津は、兵ノ介より一歳年上の姉である。

「姉《ねえ》ちゃん、頬っぺたでも痒《かゆ》いの？」

「違います。あなたのここに、ご飯粒がついてます」

「あ、ほんとだ」

頬に手をやった兵ノ介が、ご飯粒を摘《つま》んで口に放り込んだ。

「いつまでたっても、男の子は手がかかるわね」

志津が、おほほと笑った。

「俺、姉ちゃんの子じゃないよ」

憮《ぶ》然《ぜん》と言葉を返した兵ノ介に、

「そういう意味ではありません。そんなこともわからないのですか」

志津が、すかさず応酬した。

「二人とも、それくらいにしておけ」

姉弟喧嘩《きょうだいげんか》になる前に、先手を打ったつもりが、

「父上、私は親切で教えてあげたのです。叱るなら兵ノ介です」

逆効果だった。

ただでさえ女の子は口が達者だ。おまけに志津は頭の巡りがいい。

「うん、まあ、そうだな」

一郎太が志津の言い分を認めると、

「へいへい、あっしが悪うござんした」

兵ノ介が、おちゃらけた口調で謝った。

「なにその台詞《せりふ》、まるで破落戸《ごろつき》じゃない！」

最前までの澄まし顔もどこへやら、地金を出した志津が、きりきりと眉を吊《つ》り上げた。

それを見た兵ノ介が、にんまりとする。姉ちゃん、まんまと引っかかったな、とその顔に書いてある。

――もう止められそうにない……。

一郎太が心の中で嘆息したとき、

絶妙な頃合で、郁江が山盛りの茶碗を、兵ノ介に手渡した。

「はい、どうぞ」

「あんがと、母上」

こうなると兵ノ介の頭の中は、飯のことだけになる。

虚心に飯をぱくつく兵ノ介に、志津も呆《あき》れてかぶりを振った。

朝餉を終えた一郎太は、牢《ろう》屋敷にほど近い、小伝馬町《こでんまちよう》二丁目にある町道場へ向かった。

馬庭念流《まにわねんりゆう》を修めた片岡道斎《かたおかどうさい》が開いたその町道場で、一郎太は師範代を勤めている。二十歳のとき師範代になり、かれこれ十年になるが、片岡道場との付き合いはもっと古く、五歳で入門した。

それから十五年かかって免状を取ると同時に、師範代として雇われたのである。

片岡道場には、一郎太のほかに、もうひとり師範代がいる。花房幸太郎《はなぶさこうたろう》という小《こ》普請《ぶしん》組の御家人で、奇数日を一郎太、偶数日を花房が受け持っていた。

道場は、朝五つ（午前八時）から夕七つ（午後四時）まで開いており、門弟は都合のいい時間帯を選び、稽古を受けられる仕組みになっている。

道場主の道斎は、今年で還暦を迎え、門弟に直接、稽古を付けることは滅多になく、もっぱら一郎太と花房とで、切り盛りしていた。

――たしか、手頃な木刀があったはずだ。

歩きながら、一郎太は考えている。

片岡道場では、もっぱら竹刀を稽古に使うが、門弟たちに木刀を振らせることもある。その木刀が折れたり、罅《ひび》が入ったりなどして反故《ほご》になったものが、何本かあった。

それを貰《もら》い受けて、兵ノ介の木刀に再生できないものだろうか……。

――しまった。

気づいたときには、道を間違えていた。

といっても、角をひとつ曲がり損ね、半町ほど行き過ぎただけだった。

一郎太は、すぐに引き返した。

ちょうど曲がり角の手前に差しかかったとき、向かい側から、揃いの黒い半被《はっぴ》を着た五人連れの男たちがやってきた。

男たちは肩で風を切り、二間しかない路地いっぱいに広がっている。

ざっと見た感じ、火消しか、木場の職人の一行のようだった。

そのうち四人は、二十代から三十代前半で、中央を歩く男は、四十がらみの貫禄《かんろく》のある男である。

頭分らしきその男が、自ら脇へ寄り、

「おい」

若い者たちに声をかけ、一郎太に道を譲るよう促がした。

一郎太は男に軽く会釈して、一行と擦れ違った。間違えた角を曲がり直そうとして、なぜか足が止まった。

なにかが、気になっていた。

一郎太が一行を振り返ると、半被の背に『一元《いちげん》』とあるが、知らない屋号だった。

――なにが気になったのだろう？

一郎太は自分に首を傾げながら角を曲がり、一町先の道場へ歩を進めた。

道場の門を入ろうとして、

――まさか、あいつか？

ふと、頭を過《よ》ぎったものがある。

――赤子だった兵ノ介を川へ蹴り落としたあの男が、擦れ違った男たちの中にいなかったか？

一行の頭分ではない。あと四人のうちのひとり、頰に古瑕《ふるきず》のある男だ。

あのときも、顔をはっきり見たわけではない。覚えている特徴はそれだけで、単なる偶然といえば、それまでのことだった。

だが、今朝、久しぶりに七年前の出来事を思い出したことが、虫の報《しら》せだったのかもしれないと思えてきた。

一郎太は、身を翻して一行を追った。

擦れ違った場所まで戻り、道の先まで見通したが、一行の姿はすでに消えていた。

「もっと早く気づいていれば……」

独りごちた一郎太は、肩を落として嘆息した。

道場での稽古の時間が迫っている。遅れるわけにはいかない。

――屋号を手掛かりに、探し当てることもできるだろう。

一郎太は、とりあえず道場へ急いだ。

「兵ちゃん、もう勘弁してよ」

飾り職人の倅《せがれ》・太助《たすけ》が、手にしていた心張り棒を支えに、縋《すが》るような目で兵ノ介を見上げた。

胸高に腕を組んだ兵ノ介は、首を左右に振り、

「まだ、たったの百本じゃないか。あと二百本っ！」

「に、二百本って、そんな殺生な」

太助がいうと、

「おいらも、もう駄目だ。死ぬぅ〜」

青物売りの倅・捨吉《すてきち》も、長さ一尺半はある、大振りの擂《す》り粉木《こぎ》棒を放り出して、地面にへたりこんだ。

「お前たちが強くなりたいっていうから、稽古をつけてやっているのに、なんだ、そのざまは。一平《いっぺい》を見習え、一平を」

兵ノ介は、素振りを続けている一平に、顎《あご》の先を向けた。

一平の家は荒物屋だ。親の目を盗んで、商売物を持ち出してきていた。

「火吹き棒は軽いんだってば。あれなら、いつまでも振ってられるよ」

太助が文句をつけたが、

「刀といわんか、刀と」

兵ノ介は声を大にした。

稽古をつけるにあたり、それが心張り棒であろうと火吹き棒であろうと、刀と呼ばせることにしていた。

ちなみに、いまいる新シ橋の下も、橋下《はしもと》道場だ。

「だから、一平の刀は軽いんだって」

「言い訳すんな。だいたいな、俺の刀はお前らのより、だんぜん重いぞ」

「兵ちゃんは、体がでかいじゃないか」

「歳は同じだ」

「そんなの屁《へ》理屈だよ」

「うーむ」

兵ノ介は唸《うな》ったが、

「いや、そんなの関係ねぇ。この刀を俺は毎朝、五百回、振ってるんだ」

「えーっ、そんなに」

太助が目を丸くし、

「道理で強いわけだ」

捨吉も感心した。

「えっへん」

咳《せき》払いをした兵ノ介が、胸を反らせ、

「剣の道は遠く険しいが、千里の道も一歩からだ。強くなるには飽きるほど素振りを繰り返せ」

甲高い声でいい放ったのは、もちろん一郎太の受け売りである。

「川向こうへの道のりも遠いよ」

太助が、妙なことを口走った。

「は？　両国橋《りょうごく》を渡れば、すぐそこじゃないか」

千里どころか一里もない。

「俺たちが強くなりたいのは、向こう両国の餡蜜屋《あんみつ》へ行きたいからなんだ」

みんな生まれも育ちも神田である。太助のいう向こう両国とは、両国橋を渡った先にある東両国を指していた。

最近、東両国広小路《ひろこうじ》に店開きした餡蜜屋が、安くておいしいと評判なのは、兵ノ介も、志津から聞いて知っていた。

小遣い銭程度で食べられるので、連日、子供らが押しかけているという。

「でも餡蜜屋と、強くなりてぇってのは？」

どこでどう結びつくのか、話が見えない。

「兵ちゃんは、甘いものが好きじゃないから誘わなかったけど、昨日、この三人で食べに行ったんだ」

兵ノ介は、団子も醤油《しょうゆ》ダレでないと食べないくちで、この子は将来、大酒呑みになると大人たちから、よくからかわれる。

「で？」

「ところが、両国橋を渡ったところで、知らない連中に絡まれたんだ。本所《ほんじょ》は俺たちの縄張りだから、余所《よそ》者は来るなって」

「ほう、相手は何人だ？」

「相手も三人で、年は俺たちとどっこいどっこいだけど、とにかく柄が悪かった。もしかしたら、親はやくざかもしれない」

太助が怖そうに肩を竦《すく》めた。

太助は人一倍、臆病な性質《たち》で、知らない人と話すのも苦手なほどだ。あまり当てにならないと兵ノ介は思ったが、

「ひとり、すっげぇ、でかいのがいて、ほかの二人から弁慶《べんけい》って呼ばれてた」

捨吉がいい添えた。

「どんくらい、でかいんだ？」

「こんくらい」

捨吉が腕を真上に伸ばし、さらに爪先《つまさき》を立てた。

五尺近くはあるだろう。大柄な兵ノ介より、さらに頭ひとつ大きい。

「弁慶みたいに、強かったのか？」

「うん、すごく強そうだった」

「強そうだったって、喧嘩になったわけじゃねぇのか？」

「それどころじゃないよ。逃げるしかなかった」

「尻《しり》に帆をかけて逃げたのか。そんなことして、よく恥ずかしくねぇな」

「恥ずかしいと思うから、こうして兵ちゃんに稽古をつけてもらってるんじゃないか」

太助が唾《つば》を飛ばして、言い募った。

「あ、そういうことか。ごめん、俺がいいすぎた」

兵ノ介は素直に謝り、

「でも、それならそれで、最初《はな》からそういってくれれば良かったんだ。そうすりゃ、お前たちも、慣れない刀を振ることもなかったのに」

「……？」

太助と捨吉が、顔を見合わせた。

「一平も、もういいぞ」

兵ノ介は、まだ火吹き棒を振っていた一平を止め、

「そいつらに絡まれたところへ案内しろ」

三人に向かっていった。

太助がびっくりした顔で、

「えっ、もしかして、兵ちゃん？」

「そうだ、俺がそいつらをやっつけてやる。俺は餡蜜屋なんかどうでもいいけど、義を見てせざるは勇なきなりだ」

これも一郎太の受け売りだ。

「いや、いくら兵ちゃんでも、ひとりじゃ無理だ。相手が悪すぎる」

兵ノ介は腰に差していた木刀を、すらりと抜いた。本身のつもりで、刃を傾け、陽光を浴びせる。

「ふん、屁の河童《かっぱ》だ。みんな纏めて俺さまの刀の露にしてやる」

実際、四、五人を相手にしても負けたことがない。侍の子と喧嘩になったこともあるが、兵ノ介の敵ではなかった。

「ほんとに、俺たちは案内するだけでいいの？」

太助が念を押した。

「いいとも。そいつらは俺が引き受けるから、お前たちは、ゆっくり餡蜜を食ってろ」

「あとで、俺たちのことを、薄情者と恨んだりしない？」

捨吉は、兵ノ介が返り討ちにされることを案じていた。

「するわけがない。俺がそいつらに恨まれることはあってもな」

兵ノ介は不敵な笑いを浮かべ、胸を叩《たた》いて請け負った。

三

芝居小屋の幟《のぼり》がはためく西両国広小路の盛り場を抜けて、両国橋を渡りだした。

欄干の隙間から大川《おおかわ》の川面《かわも》を覗《のぞ》き込んだ一平が、

「金玉が、すうすうするぅ～」

股間《こかん》を押さえたのも無理はない。長大な両国橋は、弓のように反り返っているので、真ん中あたりは大人でも目の眩《くら》む高さがあった。

「俺はこんなのへっちゃらだぜ」

兵ノ介は、欄干に攀《よ》じ登って勇気を誇示しようとした。

「馬鹿、なにやってんだい、そんなことしたら危ないだろ！」

見ず知らずのおばさんに叱られた。

「どうもすみませーん」

「可愛い気のない餓鬼だね。目障りだから、とっとお行き」

しっしっと、おばさんに追い払われた。

「はいはい」

橋の傾斜が下りになり、足が自然と早くなった。

あと十間で、対岸の土を踏もうというとき、前を歩いていた太助たちが、兵ノ介の後ろに廻《まわ》り込んだ。

「この前はあのあたりに、たむろしていたんだ」

兵ノ介の肩越しに太助が指を差したのは、対岸の一角である。

「どれどれ」

兵ノ介が首を伸ばすと、

「あっ、いた、弁慶だ」

捨吉が小さく叫んだ。

対岸の東両国広小路もなかなかの盛り場で、大勢がごった返していたが、捨吉の視線を辿《たど》るまでもなく、どれが弁慶なのかすぐにわかった。

たしかにでかい。縦だけでなく、横にも。

まん丸に肥えた童顔は、まんま相撲取りで、町内に子供相撲があれば、弁慶は間違いなく大関を張れるだろう。

兵ノ介の視線に気づいたらしい。細っこい目をこっちへ向けた弁慶が、片目をちょいと吊り上げ、舌で唇を舐《な》めた。

「ほかの奴らはどこだ？」

兵ノ介が訊《き》いたのは、弁慶の仲間のことである。

雑踏に目を凝らした捨吉が、

「見当たらないけど、近くにいるはずだよ。兵ちゃん、あとは頼んだよ」

手を合わせていった。

「任しとけ」

兵ノ介が応じると、三人は蜘蛛《くも》の子を散らすように、橋を行き交う人混みに紛れ込んだ。

兵ノ介が独りで橋を渡ると、

「おい、そこの餓鬼」

弁慶が、どすの利いた声を投げてきた。

兵ノ介は聞こえないふりをして、物珍しそうにあたりを見廻した。

そうして弁慶の仲間を探したが、それらしいのは見当たらなかった。

「おいっ、そこの餓鬼」

弁慶が繰り返した。

兵ノ介は立ち止まって、自分を指差した。

「餓鬼って、もしかして俺のこと？」

「ほかに誰がいるんだよ」

いいながら弁慶が近づいてきた。

――で、でかい。

目の前に聳《そび》える山を、仰ぎ見たも同然だった。

兵ノ介は一瞬、息を呑んだが、でかい分だけ、動きが鈍そうに見えた。おまけに弁慶は徒手だった。

そんなに恐れるほどの相手ではないと思い直した兵ノ介は、

「ふーん、で、餓鬼が餓鬼になんの用だ？」

あえて弁慶を挑発した。

「なんだとこの野郎！」

と、くるかと思いきや……。

弁慶は首の骨をこきこき鳴らし、

「ついてきな」

と、顎をしゃくっただけだった。堂々と背中を曝《さら》したまま、大川の下流のほうへ歩いていく。

弱い犬ほどよく吼《ほ》えるというが、それは裏を返せば、

――強い犬ほど吼えない。

ということになる。

兵ノ介はなんとなく厭《いや》な予感を覚えつつ、弁慶のあとに従った。

雑踏を抜けると、大小さまざまな石が、山と積まれた場所が見えてきた。そこが公儀の石置場であることは知っていたが、立ち入るのは初めてだった。

中へ入ると、見えるのは石ばかりで、人の気配はない。石を盗む奴もいないのだろう、番人すらいなかった。

縦横無尽に通路の走る石置場を、弁慶は勝手知ったる我が家のごとく、ずんずんと進んでいく。

やがて御城の桝形《ますがた》門のような、四角い広場に出た。

そこで弁慶と二人になったと思ったら、どこからともなく人影が湧いた。

二人。

弁慶の仲間だった。

太助たちがいっていた通り、どちらも柄が悪く、やくざの倅でないまでも、末はそうなるとしか思えない悪相が並んでいた。

一人は眉毛がなく、もう一人も見事な三白眼。しかも二人は弁慶とは違い、背丈とほぼ同じ長さの、三尺はある棒を携えていた。

「生意気な小僧を連れてきたぜ」

弁慶がいうと、

「そいつぁ、面白そうだ」

三白眼が鼻をうごめかし、兵ノ介の腰の木刀に、視線を走らせた。

いかにも喧嘩馴《な》れした様子が、そんなさりげない行為に現れている。

兵ノ介が、これまでに相手にしてきた神田界隈の餓鬼どもとは、ひと味もふた味も違い、場数をこなした凄《すご》みが感じ取れた。

相手が一人ならまだしも、手強《てごわ》そうなのが三人も揃っている。

——これは、まずいことになったかも……。

兵ノ介は、じっとりと汗ばんだ掌《てのひら》を、着物になすりつけた。

「うひひ、こいつ、びびってやがる」

三白眼が、見透かしたようにいい、

「たしか、次は俺の番だったよな？」

と弁慶に訊いた。

「そうだ、清三《せいぞう》、お前の番だぜ」

三人は、生意気な余所者をここへ連れ込んでは、順番に叩きのめしているらしい。

同時に三人を相手にしなくていいことはわかったが、三白眼を不気味に光らせた清三が、舌なめずりしながら迫ってきたときには、兵ノ介の胸の鼓動が早くなっていた。

「くくっ」

笑いを押し殺した清三が、高々と上げた棒を、

「えいやっ！」

兵ノ介の脳天、目がけて落としてきた。

兵ノ介は、木刀を抜き合わせて凌《しの》いだが、
がつっ
と音がした瞬間、目の前で火花が散った。

清三の棒に跳ね返された木刀が、額を直撃していた。

「痛っ……」

両手も痺《しび》れてしまい、木刀を落とさないでいるのがやっとだった。

すかさず攻撃されたら、ひとたまりもなかっただろう。

なぜか、清三が、いったん退《ひ》いた。

簡単に仕留めてしまうのが惜しくなったらしい。いわゆる蛇の生殺しだが、

──助かった。

額に受けた痛みで目が醒めたように、かちんこちんに固まっていた体から緊張が解《ほぐ》れ、自分でも不思議なくらい、兵ノ介は落ち着きを取り戻していた。

清三から目を離さず、片手ずつ痺れを払った。木刀を握り直して青眼《せいがん》につける。

そんな兵ノ介に、清三は警戒心を覚えたらしく、棒を前へ伸ばし、ちょいちょい振って誘いをかけてきた。

木刀を空振させて隙を衝《つ》こうとしているのが、見え見えだった。

いっこうに、誘いにのらない兵ノ介に、清三のほうが苛立《いらだ》ち、

「うおりゃぁーっ」

勇ましい掛け声とともに、棒で突いてきた。

兵ノ介は、左へ半歩動いて突きをやり過ごし、伸びきった棒の横っ腹に木刀を叩きつけた。

折れて二つになった棒が、地面をからころと転がった。

咄嗟《とっさ》に後ろへ跳んで間合いをとった清三が、

「勘太《かんた》、お前の棒を貸せ」

「はいな」

勘太が、自分の棒を清三に向かって放り投げた。

喧嘩慣れした悪童ならではの見事な連携だったが、

――いまだ！

兵ノ介は、棒を摑《つか》み取ろうと腕を差し伸ばした清三の、がら空きになった胴を強《した》
かに薙《な》いだ。

「うっ」

よろめき倒れた清三に、

「大丈夫か！」

弁慶が、慌てて駆け寄った。

無防備になった弁慶を打とうと、兵ノ介がすかさず木刀を振り上げたとき、

「あおうーっ」

勘太が奇声を発して突進してきた。

得物を失《な》くしたはずの勘太が、なんと匕首《あいくち》を腰だめにしている。

刃にぎらりと反射した陽光が、勘太の血走った目を、そこだけ切り取ったように浮かび上がらせていた。

兵ノ介は、ぎょっとしつつも、

「えいっ！」

勘太の鳩尾《みぞおち》に木刀を突き込んだ。

「うぐう……」

勘太が白目を剝《む》き、くたくたと地面に座り込んだ。

兵ノ介は、勘太の手から匕首を毟《むし》り取り、力一杯、遠くへ投げ捨てた。

殺気を覚えて振り向くと、

「ぶっ殺してやる！」

弁慶が鬼の形相で吼えた。

いつのまにか、弁慶は清三が受け取り損ねた棒を持っていた。棒の端を片手で握ると、ぶおんぶおんと振り回しだした。

たちまち竜巻と化した弁慶が、

「うおぉーっ」

一気に詰め寄ってきた。

一郎太からも、こんな攻撃技に対処する術《すべ》を教わったことはない。

狙うとしたら弁慶の足元しかないが、棒の先端が触れただけで、骨まで砕かれてしまいそうな勢いだった。

しかも棒は長く、兵ノ介の木刀の間合いを越えている。

それでも、

──やるっきゃねえ。

兵ノ介は、体を地面に投げ出して、闇雲に木刀を振るった。

柱を、ぶっ叩いたような手ごたえがきた。

棒が唸りを上げて虚空を飛んでいき、弁慶が『弁慶の泣き所』を押さえて蹲《うずくま》った。

「今回は、これくらいで勘弁してやるが、こんど俺のダチにちょっかいを出したら、大川へ叩き込んで魚の餌にしてやるからな」

兵ノ介はここぞとばかりにいい放ち、木刀の先で、弁慶の分厚い肩をちょんと突ついた。

たったそれだけで、弁慶がこてんと横倒しになり、

「痛いよぉ～、母ちゃん、痛いよぉ～」

柄にもないことを喚《わめ》き散らした。

「おい、聞いてんのか。返事くらいしろ！」

兵ノ介が怒鳴りつけると、

「わかった、わかったよ。お前にも、お前のダチにも、二度と手出しはしねぇ」

弁慶が、涙でそぼ濡れた顔で誓った。

「うわっ、ははは……」

兵ノ介は晴れた空を見上げて、笑いを弾《はじ》けさせた。

戦場で敵の武将を討ち取った侍の気持ちが、よーくわかった。

こんな愉快なことはなかった。

兵ノ介は、右手で木刀を肩に担ぎ上げ、左の掌を開いて前へ突き出した。

ぐるりと頭を廻して大見栄《みえ》を切ると、

「いよっ、兵ノ介、日本一！」

四

片岡道場を出た一郎太は家には戻らず、神田川を渡って神田佐久《さく》間町《まちよう》へ向かっていた。

一元を訪ねようとしている。

稽古の合い間に門弟たちに「一元という屋号に心当たりはないか?」と訊《たず》ねたところ、知っている者がいたのだ。神田佐久間町に暖簾《のれん》を掲げる酒問屋の屋号だと。

――そんな風には見えなかったが?

酒問屋と聞いて、一郎太はその目で見た男たちとの間になんとなく違和感を覚えたが、一元の主《あるじ》が柳原《やなぎわら》の古着屋街を仕切る顔役でもあると聞いて納得した。

一元は佐久間町三丁目にあり、藤堂《とうどう》家の屋敷の塀と向かい合っているとも聞いていた。和泉橋から真っ直ぐ伸びる通りを進んだ一郎太は、藤堂家の角を右に折れた。

そこから三町も行くと、間口五間の商家の軒下に、一元と書かれた看板が下がっているのが目に入った。

おりしも店先に止められた大八車から、七、八人の店者《たなもの》が酒樽《さかだる》の積み下ろしをしている最中だった。店構えと店者の数からも、一元は太い商いをしているようだった。

店者たちは全員が、一郎太の見た男たちと同じ半被を纏っている。一郎太は店の手前で足を止めて、店者たちの顔をひとりひとり確かめた。

見覚えのある顔もあるが、あの男はいない。帳面を手に店者たちに指図している番頭風の男がいたので、一郎太は近づいて声をかけた。

「忙しいところを、あいすまぬが……」

「なんでございましょう？」

男が帳面から顔を上げた。

「矢萩一郎太と申すが、ちと宜《よろ》しいか？」

一郎太を客と思ったらしい。番頭風の男が愛想笑いで応じ、

「番頭の作久蔵《さくぞう》でございます」

「つかぬことを訊ねるが、こちらの店に、ここに傷のある若い衆が働いておるであろう」

一郎太が自分の右目の下に指を滑らせたとたん、作久蔵が掃いたように笑いを消し、

「いたら、どうなんです？」

顎を引いて、一郎太を上目遣いに見た。

――やはりただの酒問屋ではない。

一郎太はにわかに緊張した。

「その者に尋ねたき議がござる」

「どのようなことを？」

「少々、込みいった話なので、会って直《じ》かに訊ねたい」

一郎太の声も硬くなっていた。

「番頭さん、どうかしましたか？」

店者のひとりが口を挟んできた。

ほかの店者も作業の手を止め、一郎太を注視している。店先に剣呑《けんのん》な空気が漂った。

通りには人の行き来がある。さすがに人目を憚《はばか》ったか、作久蔵が、

「続きは中で伺いましょう」

暖簾を手で分けて潜《くぐ》った。

一郎太が店へ入ると、店者たちも続こうとしたが、

「お前たちは仕事を続けていなさい」

作久蔵が鋭い声で制止した。

店の中は広い土間になっている。そこかしこに酒樽が積まれ、壁際の棚には量り売り用の白鳥（大き目の徳利《とっくり》）が並んでいた。

奥に一段高い板の間があるが、作久蔵は土間に立ったまま、無言で一郎太を促がした。

「じつは……」

と切りだしたものの、いまさらながら説明に困った。

そもそも、あのときの男が、一元の店者と同一人物かどうか、一郎太自身、確信しているわけではない。

また、話のもって行き方次第では、因縁を付けに来たと受け取られる怖れすらある。

だが、ここまできたらもうあとには退《ひ》けなかった。

一郎太は七年あまり前に起きた出来事を、かいつまんで語った。そのときの赤子はいま知人のもとで育てられていると、そこだけは偽りを述べた。

「つまり、うちの若い者が、捨て子から身ぐるみ剝いだと疑っていらっしゃるわけですね？」

「うむ……」

「もし、あなた様の勘違いだったら、どうなさるおつもりで？」

引き下がるならいましかないが、一郎太は開き直った。

「それがしの勘違いなら、そちらの気の済むようにして戴《いただ》くしかない」

「いいでしょう、主と相談します。しばらくお待ちを」

低い声でいった作久蔵が、店の奥へ消えた。

それからしばらく待たされた。

作久蔵が戻ってきたときには、一郎太が男たちと擦れ違った際、道を譲るよう指示した例の貫禄のある男と一緒だった。

その男が会釈して挨拶《あいさつ》を述べる。

「一元の主、伝兵衛《でんべえ》でございます。今朝方、道でお会いしましたな」

伝兵衛も一郎太のことを覚えていた。

「矢萩一郎太と申します」

一郎太も名乗って、会釈を返した。

「どうぞ、そちらへお座り下さい」

板間を勧められた一郎太は、履物を脱いで正座した。鞘《さや》ごと抜いた大刀を膝《ひざ》の右に置き、敵意のないことを示した。

「矢萩様、生業《なりわい》はなにをなさっておられますので？」

帳場に腰を据えた伝兵衛が、世間話でもするように訊ねてきた。

言葉遣いは丁寧でも、どっしりと響くその声は、修羅場を潜ってきた者ならではの重みが感じられた。

「町道場で師範代をしております」

「……なるほど」

伝兵衛が顎に手をやってうなずいた。

なにがなるほどなのか、さっぱりわからず、一郎太は戸惑った。

「仔細《しさい》は作久蔵から聞きました。矢萩様がお尋ねになっているのは、吉次《よしじ》と申すうちの手代ですが、あいにく、品川《しながわ》へ出向いておりまして、二、三日は戻りません。戻り次第、吉次に、事の次第を検《あらた》めますので、どうかきょうはお引取りを」

伝兵衛が、どこまで本当のことをいっているのか、怪しかった。

吉次が悪事を働いたことを承知のうえで、庇《かば》っているのかもしれない。

「私を信じて戴くしかありませんな」

伝兵衛が、一郎太の心を読んだかのようにいった。

「……承知しました。よろしくお願い申す」

町の顔役といえば聞こえはいいが、ひと皮めくれば、やくざである。

町道場の師範代ごときが敵に廻せる相手ではない。

いや、それ以前に、一郎太は伝兵衛に貫禄負けしていた。

「おって、お報せします。お住まいはどちらで？」

作久蔵が畳み込むように訊いてきた。

「橋本町二丁目の裏通り……では、これにて」

一郎太は腰を上げた。

着物の背中が、冷や汗で湿っていることに気づいたのは、一元を出てしばらく歩いてからだった。

家に着いたときには、夜の帳《とばり》がすっかり降りていた。

――それにしても、馬鹿なことをしたものだ。

一郎太は玄関先に佇《たたず》み、ぐちぐちと考えていた。

捨て子だった兵ノ介から、身ぐるみ剝いだと思われる男を突き止めようとしたのは、兵ノ介の出生を知る手掛かりになると思ってのことだった。

赤子を捨てるに際して親が子の名前を書き残したり、形見の品を持たせたりすることがあるという。

それを奪った者に質《ただ》せば、兵ノ介を捨てた親に推測がつくと考えたからこそ、一元を訪ねもしたのだ。

　だが、いまや兵ノ介は自分の子だ。血の繋《つなが》りなど、どうでもよくなっている。産みの親が誰かを知ったところで、いまさらなんの意味もない。

　意味のないことをしただけならまだしも、

　――もし俺の勘違いだったら、ただではすみそうもない。

　我が身を危うくしかねない事態を招き寄せてしまった。

　――いや、勘違いでなかったとしても、そうなる。

　吉次は身ぐるみ剝いだばかりか、逃げおおすために、赤子を厳寒の川に蹴《け》り落としていった男だ。旧悪を正直に認めるはずがない。

　そうなれば、因縁をつけたと伝兵衛に看做《みな》され、袋叩きの目に遭わされる。

　下手をすれば、命を失う可能性すらある。

　侍の端くれとして、約した以上、なにをされても甘んじて受け入れる覚悟はあっても、愛《いと》しい家族を路頭に迷わせることになるのは、身を切られるより辛《つら》いことだった。

　あとさきを考えず、馬鹿なことをしたとしかいいようがない。

　――あとは……。

伝兵衛の人間性に望みをかけるしかない。それも、当てにできそうもないが……。

いつまでも玄関先に佇んでいるわけにもいかなかった。

一郎太は、重い気分を払拭《ふっしょく》するためにも、明るく声を張った。

「いま、戻ったぞ！」

「やったぁ、父上が帰ってきた。やっと飯が喰《く》えるぅ〜」

腹を空《す》かせて一郎太の帰宅を待ちわびていた兵ノ介が、茶の間で歓声を放った。

五

兵ノ介は、朝稽古が面白くなっていた。

以前も、いやいやでも始めれば、それなりに熱中できたが、いまでは朝が来るのが待ち遠しくさえなっていた。

そうなったのはもちろん、神田界隈にはまずいない強敵を、三人まとめてやっつけたことが、毎朝の稽古の賜物《たまもの》と気づいたからである。

――あのときの気分は最高だった。もっと強くなれば、もっといい気分を味わえるかも。

動機はいささか不純だが、これまでは一郎太の指示に従い、稽古をこなすだけだったのも、

「父上、相手がこんな風に打ってきたら、どうするの？」

自ら教えを請うほどになっていた。

ちょうど、型稽古を終えたところだった。気を入れて木刀を振ったので、腕がぱんぱんに張っている。

兵ノ介は、それすら心地良く感じつつ、

――さあ、いよいよ組稽古だ！

後ろにいる一郎太を、勢いよく振り向いた。思わず、

「がくっ」

と、ずっこけたのは、一郎太が呆《ほう》けたように空を見上げていたからだった。

「父上っ！」

「す、すまん、ちょっと考え事をしていた」

「しっかりしてよ」

「もう組手か？」

「そうだよ」

「うむ、かかってこい」

――きょうこそは、一本取ってみせるぞ！

兵ノ介は、奥歯に力を込めた。

一郎太には、どんな攻撃を仕掛けてもいいことになっているが、兵ノ介の木刀が一郎太に届いたことは、一度もない。掠《かす》りもしなかった。

「その意気だ」

一郎太もやっと真剣な眼差《まなざ》しになった。

兵ノ介が頭上に木刀を振り上げ、ぐんぐん迫ると、一郎太は、八双に構えた木刀を、少し斜めに上げた。

兵ノ介の一撃を、軽く受け流そうとしている。

――しめしめ、ひっかかったな。

兵ノ介は心中、ほくそ笑み、

「えいやっ！」

打ち込みを一拍早め、わざと空振りした。

直後、すっと身を低くし、地面すれすれで止めた木刀で薙ぎを放った。

弁慶との対決で、偶然編み出した技の応用である。

あのときは、地面を転がりながら弁慶の足を払ったが、こうしても同じことができるはずだった。

自分が振った木刀と、一郎太の足が交差するのが見えた。

――やった！

そう見えたが……。

弁慶の脛《すね》を打ったときに感じた手ごたえは、返ってこなかった。

一郎太は寸前のところで、後方へ飛び退《の》いていた。

虚《むな》しく宙を薙いだ木刀が、勢いあまって手から離れてしまい、兵ノ介は無様にも、地面に手をついて這い蹲《つくば》った。

その肩口を木刀で軽く打たれた兵ノ介は、

「わしとしたことが、不覚を取ってしもうた」

芝居もどきの台詞を吐いた。

虚空を掻き毟る仕草をしてから、こてんと河原に引っ繰り返った。

「惜しかったな」

一郎太の顔が、逆さ向きに見えた。

「ほんと？」

「ほんとだ。あと、一寸足りなかった」

兵ノ介は木刀を片手で振っていた。そのほうが、両手で振るより、太刀筋が伸びるからだ。

それでも、届かなかったらしい。

「あと一寸か……」

兵ノ介は、足をばたばたさせて悔しがった。

そんな兵ノ介を、一郎太は笑顔で見つめていた。

一郎太の知る限り、兵ノ介が使った技は丹石流《たんせき》という介者剣法に伝わっている。介者剣法とは鎧兜《よろいかぶと》を纏って闘っていた時代のもので、知識はあっても学んだことはない。

そんな技を、たった八歳の子が独自に編み出し、危うく、一本、取られてしまうところだった。

兵ノ介の木刀をいまより、二寸長いものに変えていれば、間違いなく脛を打たれていた。

——やる気さえ出せば、もっと伸びる子だと思ったが……。

一郎太が、発破をかけたわけではない。

にもかかわらず、兵ノ介はいつのまにかやる気を出し、もっと伸びるどころか、とんでもない飛躍を遂げていた。

——このまま進めば、兵ノ介に追い越される日も、そう遠くはなさそうだ。

親として、これほど嬉《うれ》しいこともない。

このところ鬱々《うつうつ》と塞《ふさ》いでいた気分も、久々に晴れようというものだ。

まるで一郎太の心を映したかのように、厚く垂れ込めた梅雨雲を割り、明るい日差しが降り注いできた。

天の祝福とさえ思えたが、再び雲が陽を覆い隠すまで、さほど時はかからなかった。

一郎太の心の晴れ間もあっけなく終わり、

——はたして俺は、その日を見届けることができるのか……。

またしても、暗い予感が、たちこめてきた。

「兵ちゃん、大変だぁ～」

両手を振り廻して、柳原通りを駆けてきたのは太助だった。

——あと一寸、太刀筋を伸ばす、なにかいい手立てはないものか。

土手の上に腰を下ろし、ああでもない、こうでもないと頭を捻《ひね》っていた兵ノ介は、考え事を中断させられてムッとしたが、

「なにが大変なんだ？」

そこはそこで気になった。

「弁慶とばったり出くわしたんだよ。兵ちゃんがどこにいるのか訊かれたけど、知らないって逃げてきた」

太助が、こわごわと後方を振り返った。

「なにっ、弁慶だと」

先日の報復に来たとしか思えない。二度と手出しはしないと誓ったくせに、喉元《のどもと》過ぎればなんとやらだ。

それならそれで、また喧嘩ができるかも——兵ノ介は、むしろ喜び、すっくと立ち上がった。

手を庇《ひさし》にして探したが、

「いねぇじゃねぇか」

大勢が行きかう通りに、弁慶の姿は見当たらなかった。

「あいつ、駆けっこは遅いんだよ」

あの巨体なら、さもありなんだ。おっつけ現れることだろう。

「あいつ、なんか得物を持ってたか？」

「ううん、なにも持ってなかった」

「てことは、相撲で決着をつけようってか」

「かもしれない」

うなずいた太助が、

「あ、いた！」

指差した先に、あえぎあえぎ駆けつける弁慶が見えた。

まだ二十間も離れているのに、ぜえぜえという荒い息の音が聞こえていた。

弁慶が足を止めるのを待ち、

「お前も懲りない奴だな。また痛い目に遭わされたいのか」

「ち、違う、そうじゃねぇ。はあっ、はあっ……」

弁慶が丸っこい膝に手を付き、しばらく息を鎮めてから、

「こ、これを読んでくれ」

懐から半紙の四つ折りを、引っ張り出した。

「うへっ、べとべとじゃねぇか」

受け取った半紙は、弁慶の汗で湿っていた。

広げただけで、ものの見事に裂けてしまい、

「あ〜あ、兵ちゃん、破いちゃった」

太助が囃《はや》し立てた。

「俺のせいじゃねぇ。おい、弁慶、なんて書いてあったんだ？」

「そう急《せ》かすなよ」

弁慶が大きな息を、さらになんどか繰り返し、

「なんて書いてあったか、ちゃんとは覚えてねぇけど、俺たちの侍大将が、お前と試合を、しょ、しょ……」

「所望してるのか？」

「そ、それ」

兵ノ介は、わくわくしてきた。試合という言葉の響きが、なんともかっこいい。

「侍大将ってのは？」

「武家の子息だから、そう呼んでる。名前は高杉隆一郎《たかすぎりゅういちろう》だ」

試合は助《す》っ人《と》なしの一騎打ちだと、弁慶がつけ加えた。

「いいねぇ、で、いつ、どこで？」

「明日《あした》の夕七つ半、場所は新シ橋とかいう橋の下だ」

本所育ちの弁慶は、目の前の橋がそうだとも知らないらしい。

「新シ橋ならすぐそこだが……」

顎をしゃくった兵ノ介は、

「俺はべつに本所でも構わないぜ」

敵地に乗り込むことも、厭《いと》わぬ気分になっていた。

「いや、新シ橋でないと隆一郎が困るんだ」

「そいつも本所もんだろう。なんで困る？」

「ふだんは本所の控え屋敷に住んでいるんだが、明日は下谷《したや》の上屋敷へ行く用事があるとかで、そのついでに試合を、ということなんだ」

控え屋敷とか上屋敷とかいわれても、なんのことやらさっぱりだ。

そんなことより、

「ついでかよ、偉そうに何様のつもりだ」

「俺のいい方が悪かっただけだ。そんなふうに受け取らないでくれ。隆一郎は、もしお前の都合がつかないようなら、日を改めてもいいそうだ」

相手の都合に合わせると思うと癪《しゃく》だが、いますぐにでも対戦したくなった兵ノ介は、

「いや、明日でいい」

そこは目を瞑《つぶ》り、条件を呑んだ。

「得物は？」

「木刀だ」

「木刀は痛いぞ。なんなら、竹刀にしてやってもいい」

相手を打つことはあっても、自分が打たれることはない。兵ノ介は自信満々だった。

「いっとくが、隆一郎は五千石の旗本、高杉家の跡継ぎで、小さい頃から稽古を積んでる。まだ八つだが、滅法、強い。本所界隈で隆一郎に敵《かな》う奴はいねぇ。まして神田もんなんかに、負けるわけがねぇ」

弁慶が自慢げにいった。

それにしても、先日、弁慶たちを退治したことが意外な展開に繋がったものである。

餓鬼同士の小競り合いが、神田と本所の沽券《こけん》をかけた争いに発展していた。

　まして高杉隆一郎も八歳だという。小さい頃から剣の修行をしているところまで同じだった。

　そういう意味でも、負けるわけにはいかない。

「本所が丸ごと、俺の軍門に降《くだ》ることになるだけだ」

　兵ノ介は嘯《うそぶ》いた。

「まあ、お前が勝てばな」

　鼻で嗤《わら》った弁慶が、

「絶対、そうはならねぇ。神田が俺たちの縄張りになるだけだ」

　と応酬した。

「ほざいてろ」

「そっちこそ」

「まあいい、高杉家のお坊っちゃまに伝えろ。矢萩兵ノ介、たしかに承知した。首を洗って待っているがいいと」

「わかった、わかった。お前もせいぜい気張りな」

　もう一度、鼻で嗤った弁慶が、来た道を引き返していった。

第二章

一

「ごめん下さい。矢萩様はご在宅でしょうか？」

玄関先で訪《おと》ないを請う男の声が、かすかに聞こえたのは、一郎太が裏庭に面した縁側で、昨日、道場で貰《もら》ってきた木刀の反故《ほご》を、兵ノ介用に仕立て直しているときだった。

あと少しで、完成するところまで、こぎつけていた。

あいにく郁江は志津を連れて買い物に出かけ、兵ノ介もどこかへ遊びに行っている。

一郎太は作業の手を止めずに、

「どちら様ですか？」

大声を返した。

「一元の遣いの者です。主《あるじ》の伝兵衛から、矢萩様をお連れするよう言付かって参りました」

伝兵衛と会ってから、ちょうど三日目だった。

いよいよ来たかと思いつつ、

「支度するので、しばらく待って戴《いただ》けるか？」

「承知しました」

一郎太は急いで木刀の仕上げにかかった。

遣いを待たしてでも、どうしてもそれだけはやっておきたかった。

――もしかしたら、生きてこの家の敷居を跨《また》げないかもしれない。

からである。

吉次が兵ノ介と関りのある男だったという結果もないではないが、頭に浮かんでくるのは悪い想像ばかりだった。

しかも相手はやくざだ。死んで詫《わ》びろという話になってもおかしくはない。

そうなっても、命乞《ご》いをするわけにはいかない。

どんな処分でも受けると約した以上、侍らしく振舞うことを思い定めていた。

浪人暮らしをしていても、一郎太には侍としての矜持《きょうじ》があった。

表面を削るつもりで滑らせた小刀が、木目に食い込み、木肌にざっくりと割れ目が入ってしまった。

「あっ」

「くそっ！」

使い物にならなくなった木刀を、一郎太は庭へ放り投げた。

着物についた削り滓《かす》を払い、大小を腰に差して玄関を出た一郎太は、

「お待たせした」

遣いの男に声をかけた。

三十代半ばのその男は、半被《はっぴ》を纏《まと》っていなかったが、

「一元で、手代頭をしております達吉《たつきち》と申します。以後、お見知りおきを」

丁寧な口上を述べた。

「では、参ろうか」

てっきり一元へ向かうと思ったが、柳原通りに出た達吉は、そこから進路を東に取った。

どこへ連れていかれるのかと訝《いぶか》りつつ、一郎太は黙って従った。

やがて大川が見えてきた。

――簀《す》巻きにされ、あそこに放り込まれるのか……。

背筋に寒いものを覚えたが、達吉は大川の手前の神田川に架かる柳《やなぎ》橋を渡り、とある船宿の前で立ち止まった。

門柱に「ときわ」なる看板が下がっている。

「伝兵衛は中で待っております」

達吉の案内はそこまでだった。

一郎太が独りで門を潜《くぐ》ると、伽羅《きゃら》の香りの漂よう玄関の間に、女将《おかみ》と思《おぼ》しき妙齢の女が三つ指をついていた。

「ようこそ、いらっしゃいました」

船宿など、敷居を跨いだこともない一郎太は、どう応じていいのかわからず、ただ会釈を返した。

「どうぞ奥へ」

促がされるまま、履物を脱いで上がった。長い廊下の突き当たりにある、十畳の座敷へ通された。

下座に控えていた伝兵衛と作久蔵が、無言で頭を下げた。

隣室との仕切りになった唐紙の向こうにも、人の気配がある。伝兵衛の手下だろ

うと思った一郎太は、

――逃げ場はなさそうだ。

苦笑しつつ、金屏風《びょうぶ》を背に上座に腰を据えた。

「わざわざ、ご足労を願いましたのは、先日の……」

作久蔵が口上を述べ始めたが、そんなことは聞かなくてもわかっている。

「それで？」

一郎太は問いを被《かぶ》せて先を促がした。

「矢萩様のおっしゃられた通り、吉次は悪事を働いておりました」

「は……」

一瞬、ぽかんとしたのは、怖れていた事態を免れたことを、すぐには理解できなかったからだった。

やっと理解が追いついたときには、どっと疲れを覚えた。

「まずは、この通りでございます」

作久蔵がいい、伝兵衛とともに、畳に額を擦りつけた。

吉次が素直に白状したとは、とても考えられない。おそらく伝兵衛は、吉次の体に問うようなことまでしたに違いない。

伝兵衛は身内を庇《かば》うどころか、一郎太に対して口にしたことを果たしたうえで、心から謝罪していた。

――こういう方は、いまどき、侍にも珍しい。

一郎太は、伝兵衛に偏見を持った自分が、恥ずかしくなった。

「お気持ちはよく伝わりました。顔を上げて下さい」

姿勢を戻した伝兵衛が、

「続きを話して差し上げなさい」

作久蔵に指示を与えた。

「吉次めが奪ったのは、お包《くる》みと根付《ねつけ》だったそうにございます。その二つの品を、吉次は売り払っておりました」

兵ノ介の出生を知りたい気持ちは、跡形もなく消えている。一郎太は右から左に聞き流していたが、

「お包みは絹、根付は象牙《ぞうげ》の凝った細工だったそうで、二つで三両あまりで売れたとか」

これには耳立った。

兵ノ介が捨てられたのは、貧しさからだと想像していた。そうではなく、兵ノ介

は裕福な家に生まれたらしい。

——不義の子であろうか。世を憚《はばか》る子なので捨てられたのか。

そんなことを思ったせいで、危うく聞き逃すところだった。

「その二つの品を、いまうちの者に捜させております。ですが、なにぶんにも七年も前のことにございます。いましばらくのご猶予を」

せっかくの申し出だが、もう必要ない。一郎太はこの場で断る気になった。

だが、それでは伝兵衛の気が済まないだろうし、捜したところで見つかるわけもない。

「わかりました」

すると伝兵衛が、

「ご承知戴き、ありがとうございます。ついては吉次を番所へ突き出し、お上の処分を受けさせます」

一郎太の目を見ていった。

「……いや、それには及びません」

罪は罪として償わせるべきだろう。しかし、吉次がお上の詮議《せんぎ》を受けると、兵ノ介が捨て子だったことが明らかになってしまう。

捨て子を引き取るにも、お上の諒解《りょうかい》を得なくてはならない決まりがある。その手続きを踏んでいなかった。

兵ノ介を、我が子として育てたいといい出したのは郁江だった。

もともと蒲柳《ほりゅう》の質なので、志津を産むのがやっとだった郁江には、第二子は望めなかった。それもあって、郁江は兵ノ介に情を移した。

同じ気持ちになっていた一郎太にも異論はなく、兵ノ介を実子として育てると決めるとすぐに二人で相談し、兵ノ介が捨て子だと知る者たちから遠ざけるために、いま住んでいる家へ引っ越した。

そうまでして、出生を偽ったのは、兵ノ介の将来を思ってのことだった。捨て子という過去を背負わせたくなかったのだ。

いま身近にいる者の中でそのことを知っているのも、道場主の片岡道斎のみだった。

家移りをする金を前借りするには、その事実に触れないわけにいかなかったからだが、その道斎も決して他言はせぬと約してくれている。

どうあっても、吉次を出頭させることは、避けなくてはならなかった。

「それで宜《よろ》しいのですか？」

伝兵衛が怪訝《けげん》な面持ちで確認してきた。

「はい」

「矢萩様がそうおっしゃるなら、そういうことに。もちろん、吉次には、人さまに迷惑を掛けるような真似は、二度とさせません」

伝兵衛が断言し、作久蔵に目配せを送った。

「お詫びの印といってはなんですが」

作久蔵が手を鳴らした。

前もって段取りされていたらしく、女将が酒膳《しゅぜん》を抱えて現れた。一郎太の前に膳を置き、すぐに引き返して、もうひとつ膳を運んできた。

「どうぞ、ごゆるりと」

女将がいい、作久蔵と一緒に退室した。

女将が仲居の手を介さなかったのは、一郎太ですら首を傾げることだったが、

「あの女将は信用できますが、私のような日陰者と酒を酌み交わしたことが、外へ漏れたら、矢萩様がお困りでしょうから」

伝兵衛の含みを持たせた言葉を聞いて納得した。

あらためて振り返ると、女将以外、この船宿で誰とも顔を合わしていなかった。

堅気の一郎太と町の顔役の取り合わせを訝り、噂を流す可能性のある者は、予《あらかじ》め排除されていたということだろう。伝兵衛は、そこまで弁《わきま》えた人物だった。

そしてもうひとつ、気づいたことがあった。

――捨て子だった兵ノ介から、吉次が身ぐるみ剝《は》ぎ取ったのは、伝兵衛殿に雇われる前のことだったのではないのか。

伝兵衛は、吉次が犯した罪を知らずに雇い、本来なら負う必要のない責任を、自らに課したのではないのか。

――いや、そうに違いない。この人なら、そうする。

確信した一郎太は目を瞠《みは》る思いになった。

酒は強いほうだが、呑《の》む相手がいいせいか、いくらと杯を重ねないうちに、陶然としてきた。舌も滑らかになり、気がついたときには、

「伝兵衛どの、お子様は？」

立ち入ったことを訊《たず》ねていた。

子がないなら失礼な問いになる。しまったと思ったが、

「倅《せがれ》がおります。遅くに出来たもので、十歳になったばかりでございます」

伝兵衛は頰を緩めて答えた。

強面《こわもて》に似あわず、子煩悩らしい。

「それは楽しみですね」

「さてそこはなんとも。楽しみな一方、気苦労が絶えませんもので」

「いや、まったく。それがしも、あれこれと気を揉《も》むばかりです」

「矢萩様のお子さまは？」

「二人です。娘が九つで、その下に八つの息子がいます」

「娘さんもいらっしゃるとは、羨《うらや》ましい」

「いやいや、男勝りの娘で、弟と喧嘩《けんか》ばかりしています」

「元気でよろしいではないですか。それにつけても、親はなくとも子は育つと申しますが、親にできることなど、たかが知れておりますな」

「まったくです。親の務めとはつまるところ、案じることだけなのかもしれません」

「そのお気持ち、よくわかります」

大きくうなずいた伝兵衛が、

「ところで矢萩様は、町道場にお勤めでしたね？」

思い出したように口にした。

「ええ、師範代として働くようになって、かれこれ十年になります」

「失礼ですが、その前は？」

「親の代からの、素浪人です。父は傘張り、母は着物の仕立てで糊口《ここう》を凌《しの》ぐという、どこにでも転がっている貧しい浪人の家に育ちました。すでに両親とも他界しましたが、父がそれがしに残したのは、この刀だけです」

一郎太は、ところどころ塗りの剝がれた鞘《さや》に納められた大刀に目を落とした。

祖父が戦場で拾ったという大刀は、名も無い刀工が鍛えたらしく、銘も刻まれていない。

「仕官されるお気持ちは？」

「私のような者を雇ってくれる藩などございません。とうに諦《あきら》めております。町道場の師範代になれただけでも僥倖《ぎょうこう》というもの」

道斎が雇ってくれなければ、一郎太は家族を持つことも出来なかった。

同じく貧乏な浪人の家で育った郁江を一郎太に娶《めあわ》せてくれたのも、一家四人が水入らずで暮らしていけるのも、すべて道斎のお蔭だった。

「惜しいですな」

「買い被りです」

「そうでしょうか。私の目には、矢萩様は人柄も腕前のほども申し分なく見えますが」

「あなたのような方から、そうおっしゃって戴けるとは嬉《うれ》しい限りです」

伝兵衛がそこらのやくざとは一線を画する、真の侠客《きょうかく》だということを、一郎太はすでに理解していた。

その伝兵衛から認められるのが、面映《おもはゆ》かった。

いつのまにか時が経ち、障子の向こうがほのかに暗くなっている。

伝兵衛が、崩していた膝《ひざ》を揃え直してあらたまり、

「きょうはこのへんで」

宴の終りを告げた。その引き際の良さにも、一郎太は感心させられた。

「探し物が見つかり次第、また遣いをやります」

伝兵衛がいわずもがなに続けた。

「では、いずれまた」

一郎太はさりげなく再会を約したが、そんな日は来ないだろうと思った。

探し物が見つかるはずがない。当然、伝兵衛と会うこともなかろうと。

兵ノ介の出生に繫《つな》がる品々が見つからなくても一向に構わないが、伝兵衛とこれ

きりになるのを惜しむ一郎太だった。

二

一郎太が伝兵衛と別れたちょうどその頃――。

兵ノ介は新シ橋の下の河原で苛々《いらいら》していた。

約束の刻限を四半刻《しはんとき》（三十分）も過ぎ、間もなく陽も落ちようとしているのに、試合の相手がまだ姿を現していなかったのである。

「なんで来ねぇんだよ」

兵ノ介は小石を拾って、川へ放り投げた。

「兵ちゃん、落ち着いたほうがいいよ。敵はわざと遅れてるんだ。宮本武蔵《みやもとむさし》が使った手で、兵ちゃんをじりじりさせて、事を有利に運ぼうとしているんだ」

太助が穿《うが》ったことを口にして、兵ノ介を宥《なだ》めた。

「そんなことより、お前はとっとと家に帰れ！」

太助は呼びもしないのにやって来ていた。

「助《すけ》っ人《と》を頼んだ臆病《おくびよう》者と思われるのは真っ平だ」

「試合には、立会い人がつきものだよ」

太助がしゃあしゃあと居直った。

「隆一郎とやらが来たら、ちゃんとそのことをいえよ」

「大丈夫だって。それがしは立会い人の太助でござる、互いに正々堂々、闘うように……ちゃんと口上まで用意してきた」

「お前、それがいいたくて来たのか？」

「違うよ、兵ちゃんが勝つところを見たいからだよ」

「どうだか、怪しいもんだ」

「もしかしたら、弁慶が場所を間違って伝えたのかも知れないよ。頭、悪そうだったもん」

「それはいえてるが、それにしても遅《おせ》ぇな。もうじき日が暮れちまうぜ」

兵ノ介は、ますます苛立ちを募らせた。

高杉隆一郎が現れるとすれば、川向こうから橋を渡ってくるはずだった。そう思った兵ノ介が新シ橋を見上げると、

「あ」

一番星が瞬き始めた空を、流星が横切った。

まだ光が残る空に、流星を見たのは初めてだ。

しかもその流星は、空にあるうちに消えてなくならず、橋の上空から土手のかなたへ飛び去るまで長く光の尾を引いていった。

なんとも不思議な流星に、見えなくなったあとも、兵ノ介は口を開けて、空を見上げていた。

もしそのとき、流星が消えていった土手の向こうから、一人の少年が歩いてこなければ、いつまでもそうしていただろう。

――やっと来たか。

身形《みなり》でそれとわかった。

少年は継《つ》ぎ接《は》ぎだらけの古着を纏った兵ノ介や太助と違い、きちんとしている。腰に子供用の大小まで帯びていた。

少年が、誰かを探すように河原に目を走らせた。

兵ノ介と太助しかいないのを確かめてから、

「もしや、矢萩兵ノ介殿では？」

と、問いかけてきた。

口調が大人びているせいか、細面の整った顔立ちも、同い年とは思えないくらい

分別臭く見える相手に釣られた兵ノ介は、

「そういうあなたは、高杉隆一郎殿か？」

仰々しく問い返した。

なぜか少年が、一瞬、顔を顰《しか》め、

「……いかにも、高杉です。遅くなって済みませんでした」

詫びを口にした。その態度にも、裕福な家に生まれ育った品の良さが滲《にじ》み出ている。

そんな隆一郎に気後れしたか、太助は用意した口上も忘れてつっ立っている。

「こいつは太助だ。助っ人じゃない、ただの立会い人だ」

兵ノ介が弁明すると、

「そうですか、よろしく」

隆一郎が、太助に向かって会釈した。

「はあ、どうも、こんばんは」

太助が、間の抜けた応答をした。

「支度しますので、いましばらくお待ちを」

隆一郎が、大小を腰から外して河原に並べて置いた。大刀の下緒《さげお》で襷《たすき》がけをし、さらに懐から出した白い鉢巻を締めた。

淀《よど》みのない隆一郎の仕種《しぐさ》に、兵ノ介は武者震いを覚えた。本物の試合をするという気分が盛り上がってきた。

「では、そろそろ」

隆一郎が、携えてきた木刀を手に取った。

その木刀がまた、黒樫《くろがし》ときている。正直いって、兵ノ介は羨ましかった。

互いに辞儀をし、蹲踞《そんきょ》して、木刀を青眼《せいがん》に構えた。

兵ノ介はいつものように、ぎろりと相手を睨《にら》みつけたが、隆一郎はどこを見ているのかわからない、ぼんやりした目付きだった。

――遠山《えんざん》の目付けか。

わざと焦点を遠くすることで視界を広げ、相手の全体像を見る『技』である。

一郎太に教わったが、お前にはまだ早いともいわれていた。

――ふんっ、小癪《こしゃく》な奴。

兵ノ介はすぐにも打ち込んで、一撃のもとに隆一郎を倒したくなった。

その兵ノ介の打ち気を読んだか、隆一郎が、すすっと横へ足を滑らせた。

――むむっ。

兵ノ介は逸《はや》る気持ちを抑えて、隆一郎の出方を窺った。

しかし、隆一郎は木刀の先端をぴたりと静止させたまま、動こうとしない。

「じれってぇな、お前、やる気あんのか」

兵ノ介が挑発しても、隆一郎は耳がないかのように聞き流した。

まるで、お地蔵さんと睨めっこをしているみたいだが、

――もしかして？

ふと、ある考えが頭を過《よ》ぎった。

仕掛けたくても、できないのではないのか。あれも遠山の目付けなどという洒落《しゃれ》たものではなく、目を合わせることもできないくらい、脅《おび》えているのではないのか……。

そう思って見直すと、隆一郎が締めた鉢巻に、うっすらと汗が滲んでいる。

本所界隈《かいわい》で一番強いという前評判に惑わされただけで、

――こいつは、とんだ見掛け倒しだ。

そう思ったら、肩から力が抜けた。青眼に構えていた兵ノ介の木刀が、わずかに下を向いた瞬間、

「ええいっ！」

隆一郎が、弦をはなれた矢のように向かってきた。

「あっ！」

兵ノ介が叫んだときには、両手に握っていた木刀が消えていた。

からんという音に目を向けると、隆一郎のすぐ後ろに、兵ノ介の木刀が転がっていた。

なにをどうされたかもわからず、呆然《ぼうぜん》となった兵ノ介を、すでに勝負はついたとばかり、隆一郎が唇の端を歪《ゆが》めて、にやりと笑った。

上品な外見にそぐわぬ下卑た笑いは、あからさまな嘲笑《ちようしよう》だった。

「これでも喰《く》らえ！」

兵ノ介は咄嗟《とつさ》に、河原の砂を掬《すく》い取って投げつけた。

「うわっ」

隆一郎が、砂を拭《ぬぐ》おうと木刀から片手を離した隙に、兵ノ介は脇を走り抜けて木刀を回収した。

「卑怯《ひきよう》だぞ！」

隆一郎の罵《のの》り声を頼りに、兵ノ介は半転しつつ、木刀を振るった。

一方、目を潰《つぶ》されながらも隆一郎は、兵ノ介の気配を計り、木刀を振り下ろしていた。

兵ノ介の木刀が隆一郎の脇腹を薙《な》いだ。

直後、隆一郎の木刀が、兵ノ介の肩を打った。

「俺の木刀が先に当たった」

兵ノ介は、痛みを堪《こら》えて勝利を宣言したが、

「いや、その前に俺が勝っていた」

隆一郎は兵ノ介の木刀を飛ばしたことで、すでに勝負はついていたと主張した。

「いい争いをするより、はっきり白黒つけようぜ」

「二度と卑怯な手は使うなよ」

二人が絡み合わせた視線が、火花を散らした。

「おい、お前《め》ぇら、木刀なんか振り回して、なにやってんだ」

突然、声がしたかと思うと、職人風の男が、土手を駆け降りてきていた。

「ただのちゃんばらごっこです」

隆一郎が即興で応じた。

「ただの遊びにしちゃあ、お前のその恰好《かっこう》はなんだ？　まるで果し合いじゃねぇか」

「ですから、果し合いごっこです。これくらいしたほうが、気分が出ますから」

「おじさん、ほんとだよ」

太助が口を添え、

「ねっ、兵ちゃん、そうだよね？」

兵ノ介に同意を求めてきた。

「ごっこなんかじゃねぇ」

兵ノ介が憮然《ぶぜん》とすると、

「ここは、そういうことにしておけばいいんだって」

太助に脇腹を小突かれた。

「……おっさん、そういうこった。いいから、さっさと行ってくんな」

兵ノ介は渋々、口裏を合わせた。男はまだ半信半疑の態《てい》だった。

「もう日も暮れたし、うちへ帰らないと」

太助が兵ノ介の袖《そで》を引いた。それを機に隆一郎も大小を腰に戻した。

男の視線を、ひしひしと背中に感じながら、三人で土手を登った。

「邪魔が入ったから、きょうの勝負はお預けだ」

兵ノ介は再戦を仄《ほの》めかしたが、

「なにがお預けだ。お前みたいな卑怯者と、二度と立ち合う気はない」

ぷいっと背を向け、隆一郎が新シ橋を渡っていった。

男はまだ腕組をしてこっちを見ている。

「あいつのせいで、引き分けちまった」

兵ノ介は太助にいうと、唾《つば》を吐き捨てた。

三

「その疵《きず》はなんとした？」

父に問われた隆一郎は、ぎくりとした。

兵ノ介に打たれた脇腹が、蚯蚓《みみず》脹《ば》れになっていた。湯殿の暗さで誤魔化せると思ったが、やはり甘かった。着物を脱いだとたん、見咎《みとが》められていた。

ふだんは母・朱鷺《とき》と本所の控え屋敷で暮らしている隆一郎が、ここ下谷の屋敷に呼び出されるのは月に二、三度だった。

その際、一緒に風呂に入らされる。たまさかの父子の時を過ごそうというのではない。隆一郎が、ちゃんと稽古《けいこ》に励んでいるかどうか、裸体を見て確かめるためだった。

隆一郎が三歳の頃、父母は住まいを分けた。そうなるに至った経緯はなにも聞かされなかったが、三歳児でもわかるほど、父母の間は険悪だった。

別居に際して玄之丞《げんのじょう》は、夫婦の間に生まれたひとり子の隆一郎を、手元で養育したがったが、朱鷺が頑として譲らなかった。隆一郎を手放すくらいなら、離縁も辞さないと朱鷺に迫られた玄之丞が、折れるしかなかったのは、婿養子ゆえだった。

玄之丞は二千石の旗本の三男坊で、武芸の腕を見込まれて、五千石の高杉家に迎えられていた。大番頭《おおばんがしら》の地位を得たのも、義父の引き立てがあったればこそで、本来なら玄之丞の手が届く高みではなかった。

「正直に申せ！」

俯《うつむ》いた隆一郎を、玄之丞が苛々と促した。

玄之丞は嘘を吐かれることを蛇蝎《だかつ》のごとく嫌う。嘘を吐いたと思われただけで、折檻《せっかん》を受けたことさえあった。

「試合をしました」

隆一郎は正直に答えたが、

「なにっ、試合だと」

いきなり頬を張られた。

玄之丞は六尺豊かな偉丈夫である。隆一郎は湯殿の壁際までふっ飛ばされた。

痛みに呻《うめ》きそうになったが、我慢した。

「負けるとはなにごとか」

玄之丞が怒ったのは、親に隠して試合をしたことではなかった。試合に敗れたと思ってのことだった。

「違います、父上。私は負けてなどおりません」

「ではなぜ瑕《きず》を負った?」

「そうなったのは……」

隆一郎は、兵ノ介との試合の流れについて説明した。

「ようするに相手が卑怯な手を使いさえしなければ、打たれることもなかったと、お前はいいたいのか?」

「はい、木刀を叩《たた》き落としたときに、私が勝っていました。なのに、矢萩兵ノ介は負けたことを認めなかったばかりか、汚ない手を使ってきたのです。浪人の子らしいといえばそれまでですが、あんなの剣術ではありません」

「馬鹿者!」

　こんどは、反対側の頰を張られた。

「どうしてですか。私のなにが、間違っているのですか？」

「剣術とは騙《だま》し合いだ。そんなことも知らぬのか」

「知りません」

「いかに卑怯な手を使われようと、斬られたほうが負けなのだ」

「峯岸《みねぎし》先生からは、そのようなことは教わっておりません」

　峯岸先生とは、隆一郎につけられた剣の師匠のことである。名を一鬼《いっき》といい、すでに五十路《いそじ》に手が届こうとしているが、かつては神道《しんとう》流の達人として名を馳《は》せた孤高の剣士だった。玄之丞に雇われて、隆一郎の個人指導に当たっていた。

「いちいち教えるまでもないことだからだ。そんなことも知らず、お前は試合を稽古の延長としか、考えていなかったのであろう。そんな心構えで勝てるわけがない。げんに瑕を負わされている。いいか、よく覚えておけ。なにごとも結果がすべてだ」

　納得したわけではないが、結果を問われては、反論のしようがない。

「私が間違っていました。ですが……」

「それでも負けてはおらぬといいたいのだろうが、所詮、引き分けだ。しかも相手は、浪人の小倅というではないか。浪人は武士でもない、町人身分だ。高杉家の嫡男たるお前が、引き分けていい相手ではない」

「…………」

これには隆一郎も、返す言葉がなかった。

新シ橋の河原に出向いたとき、そこで待っていたのが、継ぎ接ぎだらけの古着を纏った浪人の子だったことに、自分自身、戸惑った。

最初からそうと知っていれば、試合を申し出たりなどしなかった。

怖気《おじけ》づいて逃げたと思われるのが癪で、立ち合ってやったまでのことだ。

「まさか、このままにしておくつもりはなかろうな？」

「……次は必ず勝ってみせます」

嫌でも、そう答えるしかなかった。

上屋敷へ呼び出されただけで身が竦《すく》むほど、隆一郎は玄之丞を怖れていた。

玄之丞は武芸の鬼である。

その鬼に容赦なくしごかれるのだ。

手加減は一切なく、防具をつけていても、痣《あざ》だらけにされるのが常という、まさに稽古の名を借りた暴力だった。

それにもかかわらず、床を這《は》わされるたびに、歯を食いしばって起き上がり、立ち向かっていったのは、そうしなければ滅多打ちにされてしまい、命すら危ぶまれたからだった。

「その言やよし。武士の子はそうでなくてはならぬ」

鬼に褒められても、嬉しくもなんともないが、

「明日《あす》にも、試合をして決着をつけます」

「いや、それは待て」

なぜか、玄之丞が止め、

「さらに研鑽《けんさん》を積み、お前が勝てるとわしが思うまで、闘ってはならぬ」

卑怯な手さえ封じてしまえば、兵ノ介ごときに負けるわけがない。その程度の相手に備えて研鑽を積めと命じられること自体、屈辱だった。

隆一郎が黙っていると、

「獅子《しし》搏兎《はくと》……」

玄之丞がぼそりと呟《つぶや》いた。

獅子は兎を仕留めるにも全力を尽くす——耳に胼胝《たこ》が出来るほど聞かされた、玄之丞の座右の銘である。

「……わかりました。父上の仰せに従います」

「このことは誰にも漏らすな。特に朱鷺には絶対に話してはならぬ。いいな、わかったな？」

「承知しました」

「ところで、兵ノ介とやらは、矢萩姓を名乗っていたのだな？」

「はい」

「誰かに調べさせてみよう」

「いったい、なにを調べるのですか？」

「敵を知り、己を知れば百戦危うからず……」

これで話は終わったとばかり、玄之丞が湯船に浸《つ》かった。

それが兵法の教えであることも、玄之丞が兵ノ介の近辺を探らせようとしていることもわかったが、馬鹿馬鹿しいにもほどがある。

——生兵法は大怪我のもとともいうぞ。

隆一郎は、心の中でいい返した。

大番組の配下衆を鍛えるために設けられた玄之丞自慢の道場で、朝早くから稽古をつけられるのは、毎度のことだった。

それがいつもの倍の二刻（四時間）も続き、やっと稽古が終わったときには、息も絶え絶えになっていた。

たんに稽古の時間が長かっただけではない。玄之丞の一撃一撃が重かった。防具を付けていても、打たれるたびに、骨が軋《きし》んだ。

兵ノ介と再戦する前に研鑽を積めといわれたことの本当の意味を、身をもって思い知った隆一郎は、

――俺の考えが甘かった。

つくづく後悔した。

――それにしても……。

稽古を終えた玄之丞は、瑕だらけの息子を置き去りにし、さっさと引き揚げていた。

のうのうと朝餉《あさげ》の膳に向かっている玄之丞の姿を頭に浮かべると、無性に腹が立った。

玄之丞は厳しいだけで、父親らしい愛情を示したことなど、一度もない。我が子の成長を喜ぶどころか、認めたことすらなかった。

兵ノ介との試合についても、こっちの言い分は一顧だにせず、浪人の子と蔑《さげす》みつつ、剣は所詮、騙し合いだということを、兵ノ介は理解しているといわんばかりの口ぶりだった。

つまるところそれは、隆一郎が、浪人の小倅に劣るということではないのか。

——そうか、そういうことか。

物心ついて以来、抱えていた疑問が氷解したような気がした。

——これほど辛《つら》く当たるのは、俺のことを思ってのことでは断じてない。嫌っているからだ。あいつは、我が子が可愛いどころか、憎んでいるんだ。

うすうす感じていたが、はっきりと自覚したのは初めてだった。

——いいだろう、俺を憎むがいい。俺はお前を、それ以上に憎んでやる。

玄之丞の屋敷で飯を食うのも嫌になった隆一郎は、そのまま本所の控え屋敷へ帰ることにした。

控え屋敷は本所 緑町《みどりちょう》二丁目にある。舟を使えば楽な道のりだが、歩いて体を鍛えろと、玄之丞からきつく止められていた。

距離は一里近くある。こんな体では、のろのろとしか歩けなかった。

おまけに雨が降っていたので、傘を差し、ぬかるんだ道を歩かなければならなかった。

昼も過ぎた頃、ようやく控え屋敷へ辿《たど》り着いた隆一郎は、朱鷺の部屋へ行き、

「母上、ただいま、戻りました」

帰宅を告げた。

ちょうど床の間に花を活《い》けていた朱鷺が振り向いて、「お帰りなさい」と応じたが、その目は隆一郎を見ていなかった。

いつもは仲のいい母子でも、隆一郎が上屋敷から帰ったときは別だった。

玄之丞と会ってきた隆一郎に、朱鷺は複雑な思いを抱いている。よそよそしい態度になるのも、無理はなかった。

「遅かったですね。昼餉を残してありますから、お食べなさい」

これも目を見ずにいわれたが、隆一郎も心得たもので、

「はい」

作り笑いで応じると、そそくさとその場を離れた。

折檻も同様に、体を痛めつけられたことに、気づかれるのも厭《いや》だった。

もっとも玄之丞は狡猾《こうかつ》で、外から見てわかる瑕痕《きずあと》を残すようなヘマは犯していなかったが……。

遅い昼餉を摂《と》った隆一郎は、自室へ引き揚げ、押入れから布団を引っ張り出して寝転がった。

すぐに睡魔が襲ってきた。

——目が醒《さ》めたころには、いつもの優しい母上に戻っているだろう。

そんなことを思っているうちに、眠りに落ちた。

四

しとしとと雨が降るなか、志津は兵ノ介と蛇の目をさして歩いていた。

今年は空梅雨かと思うほど、雨降りの日が少なかったが、昨夜から降り出した雨は、それまで空に溜《た》まっていた雨水が、まとめて落っこちてきたかのようなどしゃぶりだった。

昼過ぎになってようやく雨脚が衰え、志津が近所の店に、お使いに行くことになった。兵ノ介が一緒にいるのは、娘の一人歩きを郁江が心配してのことである。

——こいつ、変、ぜったい変。

兵ノ介が志津と相合傘で歩くことからして変だった。いつも無駄に元気な兵ノ介が借りてきた猫のように大人しいに至っては、お日様が西から昇ってもありえないことだった。

「どうかしたの？」

兵ノ介が、ほげーっと顔を向け、

「いま、なんかいった？」

「どうかしたのって訊《き》いたのよ。気味が悪いくらい、大人しいから」

「なんか、体に力が入らなくて」

けだるそうに答えた兵ノ介に、

「珍しいこともあるものね。道理で大雨が降るわけだ」

志津は茶々を入れたが、

「そうか、俺のせいだったのか」

兵ノ介が溜息《ためいき》を吐くようにいった。

そこがまた、兵ノ介らしくない。

「熱でもあんじゃないの？」

珍しく弟を案じる気持ちになった志津は、兵ノ介の額に手を当てた。

「熱はないわね。具合が悪いのでもなさそうだし、もしかして、厭なことでもあったの？」

「うん、まあ」

「どうせまた、碌《ろく》でもないことをやらかしたんだろうけど、父上と母上には内緒にしといてあげるから、姉ちゃんに話してごらん」

「うん、それがさあ……試合をしたんだよ」

「試合？　大袈裟《おおげさ》ね、ただの喧嘩でしょ」

「喧嘩じゃない、試合だよ」

兵ノ介がそこだけは拘《こだわ》った。

「試合でも喧嘩でもいいけど、ようするに負けたのね。だから、やる気をなくしてしまったのね？」

「ううん、勝負は引き分けだった」

「だったら、悔しがりこそすれ、あんたがやる気をなくすわけがないわ」

「本身でやったら、たぶんどっちも死んでた。木刀試合だったから生きているけど、なんか生きてる気がしないっていうか、なにもかも、どうでもいい気分なんだ」

「死んでもいないのに、生きてる気がしないってこと？」

「そんなとこ」

「男の子って面倒臭いわね」

「自分でも、もてあましてるよ。でも、人って死んだらどうなるんだろうね？」

「知らないわよ、そんなこと。死んだことないもん」

「死んだら極楽浄土へ行くって、坊さんはいってるぜ」

「そんなの嘘っぱちよ。極楽浄土があると坊主が嘘を吐くのは、檀家《だんか》からお布施を巻き上げるためよ。だいいち、誰が確かめたの。極楽浄土へ行って戻って来た人でもいるわけ？」

「そんな人がいるなんて話、聞いたことがないな。姉ちゃんて頭いいね」

「いまごろ、気づいたの」

志津は、まんざらでもない気分だった。

「俺もうすうす、そんな気はしてたんだ。やっぱり死んだらそれで終りなんだな。あーあ」

「人生なんて、そんなもんよ。うだうだ考えたってなにも始まらない。どうせ限られた命なんだから、生きてるうちに、せいぜい楽しまなきゃ損だって」

「そういうもんか」

「そういうもんよ」

「だね。おいしいご飯をいっぱい食べてから死なないと損こくね」

おいしいご飯というところが、いかにも兵ノ介らしい。

「わかったみたいね？」

「うん。お蔭で、やる気が湧いてきた」

「でも、試合なんて馬鹿なことは、二度としないことね」

「え、なんで？」

「なんでって、木刀でも当たり所が悪ければ死ぬかもしれないじゃない」

「勝てばいいじゃん」

「いつも勝てるとは限らないでしょ。死んだら、おいしいご飯も食べられなくなるわよ」

「おいしいご飯を、いっぱい食べるためにも、勝って長生きすればいいのさ。それに試合って、目茶苦茶面白いんだ。止める気なんてぜんぜんない」

「なんでそうなるの？」

兵ノ介の頭の中は、いったいぜんたい、どんな仕組みになっているのか。どこどこをくっ付ければ、こんな屁《へ》理屈が捻《ひね》り出せるのか……。

志津には、さっぱり理解できなかった。

「おーい、兵ちゃん」

通りの向こうから声をかけてきたのは捨吉で、

「遊ぼうよ」

と続けたのは一平だった。

買い物に行った帰り道で、雨はもう止んでいる。

畳んだ蛇の目をぶら下げた志津に、

「姉ちゃん、あとは頼んだ」

兵ノ介は、買い物の荷物を押し付けて駆け出した。

「兵ノ介、ずるい！」

志津が喚《わめ》いたが、背中で聞き流して捨吉たちと合流した。

「太助は誘わなかったのか？」

兵ノ介が訊くと、

「うん、誘いに行ったけど、もう家を出たあとだった。てっきり、兵ちゃんと一緒だと思ってた」

捨吉が答えた。

「どっかで行き違いになったみたいだな。探してみるか」

兵ノ介が提案すると、

「だったら、手分けして探そうぜ。太助を見つけても見つけられなくても、新シ橋で落ち合うことにしよう」

遊び場所はたくさんある。そのほうが、効率がいい。

「うん、それがいい」

それぞれの受け持ちを決めてから、三人は駆けだした。


ちょうど同じ頃、太助のほうでも兵ノ介たちを探していた。

何箇所か廻《まわ》ったあとで辿り着いたのは、奇《く》しくも、三人が落ち合うと決めた新シ橋だった。

「ここじゃ、なさそうだけどなぁ」

昨夜から降り続いた雨で、神田川の水嵩《みずかさ》が増している。河原は水没してしまい、土手の中ほどまで、濁流が渦を巻いていた。

橋の上には、ぱらぱらと往来があるが、土手には人っ子ひとりいない。

――もしかしたら、あそこにいるかもしれない。

去年の夏、みんなと河原で遊んでいたとき、夕立に見舞われたことがあった。

そのとき、橋の下に逃げ込んで雨宿りしたことを、太助は思い出していた。

橋の上では、大勢が逃げ惑うように走っていた。雨に濡《ぬ》れることもなく、その足音を聞いているのが、なんともいえず愉快だった。

太助は、足を滑らせないよう気をつけて橋のすぐ脇の土手を下った。橋板に摑《つか》まり、

「太助だけど、兵ちゃん、いたら返事して」

橋の下の暗がりに向かって問いかけた。

そこからはなんの応答もなかったが、

「おい、そこの小僧」

頭上から声が降ってきた。欄干の上から顔を突き出した二十歳すぎの若侍が、太助を見下ろしていた。

侍の目尻《めじり》が怒ったように吊りあがっている。

それが面擦れによるものとは、太助の想像の及ぶところではなかった。薄い唇にも酷薄な印象を受けた。

ただでさえ臆病な太助は、びくりと身を竦めた。

「いま、兵ちゃんといわなかったか？　もしやそれは、矢萩兵ノ介のことか？」

侍が問いを浴びせてきた。

太助が反射的にうなずくと、

「もしかして、橋の下にいるのか？」

侍が小声になった。

太助は、ぶるぶると首を左右に振った。すると侍が、あたりに人気がないのを確かめてから、

「お前に聞きたいことがある。こっちへ来い」

ますます怯《おび》えた太助は、踵《かかと》で後退《あとずさ》った。すでに半べそをかいている。

「さっさと来い！」

苛々した侍が、どん！　と橋板を踏み鳴らした。

「誰か助けて！」

太助は叫びながら、橋の下へ潜り込んだ。

侍から逃れたい一心でしたことだが、

「あっ！」

思いもかけないことが起きた。

ふいに体が落下した。

無我夢中だったので、気づかなかった。橋柱で蛇行した水流が、橋の下の土手を抉《えぐ》り取っていたのだ。

太助は金槌《かなづち》だった。

もし泳げたとしても、抗《あらが》える水流ではなかった。

凶暴な化け物と化した流れに呑み込まれた太助は、一瞬で水没し、川底で頭を打って気絶した。

長く苦しまずに済んだのが、せめてもの幸いだった。

五

「それにしても、すげぇことになってんな」

兵ノ介は、こんなに荒れた神田川を見たことがなかった。

ごうごうと音を発する茶褐色の濁流の下に、いつも朝稽古をしている河原があるのが、信じられなかった。

自然の猛威としかいいようがない。

その猛威ゆえに、胸が高鳴る光景でもあった。

兵ノ介が、口を半開きにして見入っていると、どこかで一緒になったらしい捨吉と一平が、柳原通りを駆けてきた。

兵ノ介しかいないのを見て、捨吉が、

「俺たちも無駄足だった」

がっかりしたように肩を竦めた。

「これだけ探しても見つからないってことは、太助はもう家へ戻ったのかもしれないぞ」

「きっとそうだ。太助の家に寄りがてら、俺たちも引き揚げようぜ」

捨吉がいった。

「お二人さん。帰るのは、あれを見てからにしろよ」

兵ノ介は、神田川を振り向いた。

「なんだよ？」

目を遣《や》った捨吉が、

「な、なんじゃ、ありゃ」

素《す》っ頓狂《とんきょう》な声を上げ、

「ぎょぎょ！」

一平も目を剥《む》いた。

「な、すげぇだろ？」

「川が変わってる」

緊張のあまり、捨吉が下手な駄洒落を飛ばした。

「橋の上からだと、もっと面白そうだぜ」

兵ノ介が誘うと、二人が目を輝かせてうなずいた。さっそく橋へ向かった。

水面が、橋桁《はしげた》の一間下まで迫っていた。上流から押し流されてきた木の枝などが、支柱にたくさん絡みついていた。

「ひゅうぅ」

兵ノ介が口笛を鳴らすと、

「この世の終りじゃ、くわばらくわばら」

捨吉が両手を摺りあわせた。

一平はなにを思ったか、着物の前を開いて、唐辛子のようななにを摘《つま》みだすと、欄干の隙間から小便を飛ばしだした。

小便が描く水紋が拡がりきらないうちに、恐ろしい速さで流されていく様が、目茶苦茶面白い。

「俺もやる」

「俺も」

兵ノ介と捨吉は、競うように一平に続いた。

——やはり、気のせいではなさそうだな。

仕事を終えて道場を出たときから、一郎太は、何者かの視線を感じていた。家に近づくに従い、背中を針でちくちく刺されるような感覚が強くなっていた。

——しかし、なぜ、俺を？

一介の浪人を尾行して、なにがしたいのか。

訝るばかりだが、胡乱《うろん》な理由によるものとしか思えなかった。

尾行者は、三十間ばかり後ろを歩いている。

自宅まで続く表通りを、一郎太はあえて左手に折れた。

角を曲がると、足を急がせた。

あたりは、路地が複雑に入り組んだ一帯である。次の四つ角を、一郎太はまた左に折れた。

一間しか巾《はば》のない狭い路地で、奥は行き止まりだったが、少し入ったところに天《てん》水桶《すいおけ》が積まれている。一郎太はその陰に身を隠した。

何人か、前方の道を通り過ぎていった。その中にひとりだけ、周囲に目を配りながら歩を進める若い武家がいた。

横顔しか見えなかったが、武家の目尻は、不自然なくらい吊りあがっていた。

それは防具を付けて竹刀稽古をしているうちにできる面擦れであり、また武家が履物を滑らせるようにして歩いていたのも、摺り足が身についていることを示していた。

かなりの手練《てだれ》とみて間違いなかった。

一郎太は辻《つじ》斬りを疑った。たまたま見かけた浪人を、銘刀の試し斬りにする恰好《かっこう》の相手として選んだのかもしれないと……。

――君子、危うきに近寄らず。

火の粉が身にかかれば払いもするが、関りあいを避けたほうが賢明だろう。

一郎太は、天水桶の陰に留《とど》まることにした。

再び、帰途を辿りだしたときには、薄暗くなった空を、塒《ねぐら》へ急ぐ鴉《からす》が群をなして横切っていた。

兵ノ介たちが、石蹴《け》りをしながら向かった太助の住む長屋は、もうもうと煙に包まれていた。

七輪を表に持ち出して、鰯《いわし》を焼いていた太助の母に、目敏《めざと》く気づいた捨吉が、

「おとよおばちゃーん」

と、声を掛けた。煙越しに、にっこり笑ったおとよに、

「太助はもう戻ってる？」

兵ノ介が訊ねると、

「おや、一緒じゃなかったのかい？」

「うん、捜したんだけど、どこにもいなくてさ」

「てっきり、あんたたちと、遊んでると思ってたよ」

しゃがんでいたおとよが、腰を上げた。煙が目に染みたのか、眉根《まゆね》を寄せている。

「太助が、どうかしたのか？」

油障子を開いて顔を覗《のぞ》かせたのは太助の父・波五郎《なみごろう》だった。

仕事の最中だったらしく、前掛けをした波五郎に、おとよが話を伝えた。

聞き終わった波五郎が、

「なんでもねぇだろうが、ちょっくらその辺を探してくる」

前掛けを外して、おとよに預けた。

「おじさん、俺たちも、探すの手伝うよ」

兵ノ介が申し出たが、

「もう遅いから、帰《け》ぇんな。その代わり帰ぇったら、家の人に、どっかで太助を見かけなかったかどうか聞いてみてくれ」

職人のご多分に漏れず、無口な波五郎が、このときは違った。いつになく能弁で、いっていることも的確だった。

「おじさん、合点だ。なんかわかったら、伝えに来るよ」

兵ノ介は波五郎にそういうと、

「じゃあ、俺たちは家へ帰ろうぜ」

捨吉と一平を促がした。

「みんな、頼んだぜ」

波五郎の声に送られて、兵ノ介たちはそれぞれの家へと散った。

このあたりを売り歩くぼて振りが、どっさり仕入れた鰯を安売りでもしたのか、兵ノ介の家の前でも、志津が鰯を焼いていた。

「姉ちゃん、きょうどっかで太助を見かけなかった？」

「気安く呼ばないでよ。あんたの顔なんか、見たくもないんだから」

志津は、買い物の荷物を押し付けて遊びに行った兵ノ介のことを怒っていた。

「波五郎おじさんに頼まれたんだよ」

「ふんっ」

志津がそっぽを向いた。

知っていても教えてくれそうもない。諦めた兵ノ介は、家に入り、台所の竈《かまど》の前にいた郁江に、同じことを問いかけた。

「太助ちゃんは見かけてないけど、どうしてそんなことを訊くの？」

兵ノ介が事情を話すと、

「迷子にでもなったのかしら。親御さんはさぞかし、心配なさってるでしょうね」

それを聞いて、兵ノ介は、おとよの顔を思い出した。

あのとき眉根を寄せたのは、煙が目に染みたのではなく、太助の身を案じてのことだったのだ。

兵ノ介は、急に太助のことが心配になってきた。

「母上、やっぱり俺、太助を探しに行ってくるよ」

「波五郎さんからも、断られたでしょ。子供の夜歩きは、うちでもさせられません」

「でも、気になるんだ」

「大丈夫、ちゃんと見つかるから。もしかしたら、もううちに戻ったかもしれないし」

「それだけでも、確かめてくる」

「駄目よ。どうしても気になるなら、父上がお戻りになってからにしなさい」

「あーあ、子供って不自由だな」

仕方なく兵ノ介は、玄関先で一郎太の帰りを待つことにした。

「あんた、目障りよ」

志津が団扇《うちわ》をぱたぱたさせて、鰯の煙を浴びせてきた。

「煙《けむ》いな、もう」

志津に追いたてられた兵ノ介は、道の真ん中に出た。

裏通りに並んでいるのは、ほとんどが商家で、この刻限には表戸を下ろしている。漏れる明かりはなく、通りは暗かった。

「まだかな、まだかな」

兵ノ介が足踏みを始めたとき、やっと闇の幕を潜って、一郎太が急ぎ足で戻って

いる。

くるのが見えた。

なぜか一郎太は、鬼ごっこでもしているみたいに、ちろちろと後ろを振り向いている。

それはそれで気になったが、

「どっかで太助を見かけなかった？」

兵ノ介の出迎えを受けると思っていなかったのか、一郎太がきょとんとした。

それでも、

「見てないが。太助がどうかしたのか？」

おとよがしたように、眉根を寄せた。

「父上、一緒に来て」

「どこへ？」

「太助んちに決まってんだろ」

「だから、太助になにがあったのだ？」

「道々、話すから、とにかく急いで」

兵ノ介は、一郎太の着物の袖《そで》を引っ張った。

そのときには眩暈《めまい》がするほど心配になっていたが、兵ノ介はまだ、太助と二度と会えなくなるとは夢にも思っていなかった。

第三章

一

太助が変わり果てた姿で見つかったのは、いなくなって五日後のことだった。越中島《えっちゅうじま》に水死体となって流れ着いたときには、水脹《みずぶく》れしたうえに腐りかけていた。住所と名前を記した迷子札が首にぶら下がっていなければ、身元がわからないほど酷《ひど》い有様だった。

それでも親にはわかった。

地元の岡っ引きに報《しら》せを受けて越中島へ走ったおとよは、水死体を見た瞬間、

「太助……」

貧血を起こして倒れた。

一緒に駆けつけた波五郎も、女房が倒れたことも気づかないほど動転した。

運ぶことさえままならない、ぐずぐずの遺体を、おとよは、どうしても家に連れ

て帰ると言い張った。

それを哀れに思った岡っ引きが一計を案じ、遺体を米俵に詰めて小塚原《こつかっぱら》へ運び込んだ。

かつては、庶民の間にも火葬が広がり、江戸にある寺のほとんどが火葬場をもっていたが、四代将軍・家綱《いえつな》が上野《うえの》寛永寺《かんえいじ》に墓参に赴いた際、臭気が問題となったのを機に、廃止・移転され、このころには数箇所にまで減少していた。

数少なくなった火葬場のひとつが、小塚原にあったのである。

一般に、火葬には多額の費用を要することから、江戸時代は土葬が主流だったと考えられがちだが、大坂や京都では火葬は珍しくなく、越後《えちご》の浄土真宗《じょうどしんしゅう》門徒などは、宗教上の理由から、すべて火葬だった。

江戸も前期までは、火葬が四割に達した寺院すら存在したことが、発掘調査で確認されている。また火葬した場合、焼骨の一部が蔵骨器に収められ、埋葬されたことも判明している。

江戸で火葬が衰退したのは、火葬場の減少が原因であり、『百俵六人泣き暮らし』といわれた御家人の一族が、代々、火葬を続けた例があることや、安政五年（一八五八）に発生したコレラの大流行のとき、死者約二万八千人のうち、約九千九百人が火葬にふされた（斎藤月岑《さいとうげっしん》・『武江年表《ぶこうねんぴょう》』）ことをみても、庶民の手が届かぬほど、火葬に費用がかかったとは考えにくい。

それはともかく……。

小塚原で焼かれた太助は、骨になって長屋へ戻った。

太助の通夜には、大勢が弔問に訪れていた。

お上は、迷子探しなど、洟《はな》も引っ掛けなかったが、同じ長屋の住人をはじめ、子供がいなくなったという噂を聞きつけた近在の住人たちが、太助の捜索に手を貸していた。

そんな情に溢《あふ》れた町場の人たちが、せめて太助に線香の一本も供えたいと、行列をなしていたのである。

一郎太と兵ノ介も、長屋の外まで連なった行列に加わり、焼香の順番を待っていた。

ようやく九尺二間の長屋の中が見えるようになると、

「太助はどこ、どこにいるの？」

兵ノ介が、一郎太に訊《たず》ねてきた。

この五日というもの、兵ノ介は真剣に太助を探し回っていた。

飯も喉《のど》を通らなくなるほど案じていただけに、太助が骸《むくろ》になって見つかったという報せを聞いたときには、ひどい衝撃を受けた。

魂が抜けたように虚脱してしまい、

「嘘だ、嘘だ……」

うわごとのように繰り返したものだった。

「太助なら、あそこにいる」

一郎太は腰を屈《かが》めて、兵ノ介の耳元で囁《ささや》き、四畳半の中央に置かれた卓袱《ちゃぶ》台の上の骨壺《こつつぼ》を指差した。

卓袱台のそばで波五郎が焼香客に頭を下げ、その隣に膝《ひざ》を崩して女座りしたおとよが、口を半開きにして、虚空を見詰めている。

げっそりやつれたおとよがそうしていると、まるで狂女か亡霊にしか見えない。

腹を痛めた一粒種を亡くした母親の悲しみを思うと、一郎太はいたたまれない気持ちになった。とても正視していられない。思わず視線を外した。

「嘘だ。あれは太助なんかじゃない」

兵ノ介が激しく首を振り、

「だって、ただの火消壺じゃないか」

「あの壺の中に、太助の遺骨が入っているのだ」

「いこつ？」

「亡骸《なきがら》を焼いたあとに残った骨のことだ」

八つの子に、そこまで説明するのは酷だろうが、一郎太は、人の生き死について学ばせる機会と捉《とら》えていた。

「え、太助を焼いちゃったの？」

兵ノ介が、ぎょっと目を丸くした。

「その通りだ」

兵ノ介はしばらく黙っていた。かくんとうな垂れると、

「……太助は骨になっちゃった。やっぱり、死んだら終わりなんだ。もう、俺たちと一緒に遊ぶこともできない……」

これには一郎太も、慰める言葉がなかった。

そうするうちに、焼香の順番が回ってきた。

茫洋《ぼうよう》とした顔で骨壺と向き合っていた兵ノ介も、一郎太を真似て焼香をした。

「ご愁傷様です」

一郎太がかけた言葉は、おとよには聞こえた様子がなかったが、

「ありがとうございます」

波五郎が、台詞《せりふ》を棒読みするように言葉を返した。

長屋を出て歩き出したところで、一郎太は兵ノ介が泣かなかったことに気づいた。八つの子にとっては、涙も出ないくらい辛《つら》い経験なのだろう。せめて、泣かなかったことを褒めてやろうと思ったとき、

「太助は川に落ちて溺《おぼ》れ死んだんだよね？」

兵ノ介がぽつりと問うてきた。

「うむ」

岡っ引きが事故だったと判断し、お上にもそう届けたということを、一郎太は伝聞していた。

「太助が落ちたところを誰か、見てなかったのかな？」

「いなかったようだな……」

太助の捜索中も、そういった情報はまったく伝わってこなかった。それどころか、太助を見かけたという目撃談すら皆無だった。

当日は土砂降りの雨で、雨が上がってからも外出を控えた者が多かったせいもあ

るだろうが、太助があまりに唐突に消息を絶ったので、一時は、神隠しの噂まで流れたほどだった。

「ほんとに落ちたのかな。誰かに突き落とされたってことはないかな？」

「そんな馬鹿な」

一郎太は思わず口にしたが、

「もしかしてなにか心当たりでもあるのか？」

「いや、そんなものはないよ」

「たしかに酷いことをする者はいる。しかし、人をみだりに疑うのも、よくないことだぞ」

「うん」

兵ノ介が、またとぼとぼと歩きだした。

家では郁江と志津が、身支度を整えて二人の帰りを待っていた。

家を留守にしないために、入れ替わりに通夜に行く事になっていたのである。

兵ノ介が、のそのそと二階へ上がっていった。

一郎太は玄関先で、郁江と志津を見送った。

なぜか、十間も行かぬうちに、二人が引き返してきた。

「忘れ物でもしたのか？」

「ううん、違う」

志津はそれだけいうと、下駄を脱いで、二階へ上がっていった。

「志津が、どうしても兵ノ介に謝っておきたいといいだしたものですから……」

郁江が、耳打ちした。

「いったいなにを謝る？」

「太助ちゃんがいなくなったとき、志津も兵ノ介に訊《き》かれたそうなの。太助ちゃんを見かけなかったかって。そのときあの子、兵ノ介のことを怒っていたものだから、相手にもしなかったんですって。それがこんなことになって、気に病んでいるらしいの」

「なるほど」

「口喧嘩《げんか》ばかりしてるけど、やっぱり姉弟《きょうだい》ね」

「そうだな」

志津が、ばたばたと階段を下りてきた。

なにくわぬ顔で下駄を履き直した志津に、

「兵ノ介は許してくれたか？」

一郎太は優しく訊ねた。

するとと、志津が、むっとして郁江を見た。この件は母娘の間で、内緒にしておくことになっていたらしい。

「母上を悪く思うな。わたしも、志津の心根を知って嬉《うれ》しかった」

それを聞いて志津も機嫌を直した。

「生返事だったけど、許してくれたみたい」

「良かったな」

「でも、あの子、ほんとにしょげてた」

「みんなで、励ましてあげましょうね」

郁江が口を添えると、

「はい」

志津もやっと笑顔をのぞかせた。

兵ノ介は寝床についたが、興奮のあまり頭が冴《さ》えてしまい、眠るどころではなかった。

一郎太から、太助を川に落とした相手に、心当たりでもあるのかと訊かれたときは否定したが、じつはあった。

子供同士の喧嘩に匕首《あいくち》を持ち出し、本気で兵ノ介を刺し殺そうとした弁慶たちなら、やりかねないと思っていた。

あの日、太助は独りで両国橋を渡ったのだろう。例の餡蜜《あんみつ》屋に行くためだったかどうかはわからないが、運悪く弁慶たちと出くわしてしまった。

そしてなにかが起き、大川へ突き落とされる羽目になったのだ。

遺体が見つかったのが越中島だったことも、そのことを裏付けている。あの石置場で大川へ落とされると、ちょうど越中島に流れ着くのではないか。

考えれば考えるほど、弁慶たちは怪しかったが、

──とにかく会って、確かめてみよう。

兵ノ介は、まだそう思うだけの理性を残していた。

もちろん、弁慶たちの仕業だと判明した暁には、ただで済ませるつもりはない。

太助の命を非道に奪った者どもを許す気持ちなど、微塵《みじん》もなかった。

──そのときは、太助と同じ目に遭わせてやる。

心に誓った兵ノ介は、頭から夜具を被《かぶ》った。

二

太助が行方不明になって以来、朝稽古《げいこ》は中断していた。

こんなに長く、稽古に間を空けたことはない。

一日休めば一日停滞するならまだしも、それ以上の後退に繋《つな》がりかねないのが、稽古のやっかいなところである。

太助の葬式も終わったいま、一郎太は一日も早く、朝稽古を再開させたかったが、兵ノ介が元気を取り戻すまで、まだしばらくかかりそうだった。

そう思っていただけに、

「父上、まだ寝てるの？　早くしないと稽古の時間がなくなっちゃうよ」

兵ノ介からいわれて驚いた。

「もう大丈夫なのか？」

「当たりきしゃりきのこんこんちき」

兵ノ介が、力瘤《ちからこぶ》を作ってみせ、

「父上、急いでね」

ちゃっちゃと着替えて、部屋を出て行った。

子供の立ち直りの早さに感心しつつ、急いで着替えた一郎太は、部屋を出ようとして、ふと思い出した。

兵ノ介のために作った木刀のことである。

一本目が失敗に終わったあと、あらためて道場にあった先端が欠けた木刀を譲ってもらい、長さ二尺の木刀に仕立て直していた。

兵ノ介がびっくりする顔が見たくて、道場での仕事の合い間にこつこつ作り、出来上がった木刀を家に持ち帰ってからも、押入れに隠していた。

その木刀を手に一郎太は外へ出た。

兵ノ介はずっと先を歩いていたので、走って追った。

気配で振り向いた兵ノ介に、一郎太はなに食わぬ顔で木刀を差し出した。

瞳《ひとみ》を輝かせた兵ノ介が、

「これって、もしかして？」

「そうだ、新しい木刀だ」

「やった、ありがとう、父上」

ぴょこんとお辞儀をして、兵ノ介が木刀を受け取った。

綺麗《きれい》に表面を削り取られた木刀の木肌に鼻を寄せ、くんくん嗅《か》ぎ、

「わぁーい、わぁーい、新品だ」

小躍りしながら、駆けていった。

いまさら古い木刀を削り直したとは、いいづらくなった一郎太は、苦笑を浮かべ、河原へ向かった。

さっそく素振りを始めた兵ノ介が、

「いい、とってもいい、すっごく手に馴染《なじ》む」

いいながら、びゅんびゅんといい音をさせた。

二寸長くなった木刀は、その分、重くなっている。それをなんなく扱っているのが、一郎太にはよくわかった。

しばらく稽古を休んだ悪影響がみられないどころか、筋力が増している。子供の成長の早さには驚くばかりだった。

そのせいか、一郎太は試してみたくなった。

兵ノ介の素振りが一段落するのを待ち、腰の脇差を鞘《さや》ごと抜いた。

「これを振ってみろ」

兵ノ介が口を半開きにして、一郎太をまじまじと見た。

「どうした、厭《いや》なのか？」

「ううっ、ううっ」

兵ノ介が獣のような唸《うな》り声を上げて首を振った。

「そうか、厭か」

「と、とんでもござらぬ。ほんとうによろしいのでござるか？」

これまで本身には指一本、触れさせたことがない。小さいときから、それだけは厳しく躾《しつ》けていた。

いきなりその禁が解かれた兵ノ介は、気持ちを上擦らせ、ふだんにもまして妙な言葉遣いになっていた。

「いいぞ」

一郎太が答えると、兵ノ介が木刀を地面に寝かせ、

「ありがたきしあわせ」

片膝をついて畏《かしこ》まった。

掌《てのひら》を上にして掲げた両手に、一郎太が脇差を載せてやると、

「……あれ？　思ってたほど重くないや」

兵ノ介が拍子抜けしたようにいった。

金属製の刃は重いという先入観があったらしい。刃渡り一尺五寸の脇差は、兵ノ介に与えた新しい木刀よりも、わずかに重い程度だった。

「まずは腰に差せ」

「はい」

兵ノ介が素直に従い、脇差を帯にしっかりと差し込んだ。

「抜く前に鯉口《こいぐち》を……そう、それでいい」

一郎太が大小の手入れをするのを、兵ノ介はいつもそばで見ていた。刃を抜く手順は、教えなくても覚えていた。

「ゆっくりと抜け。指を切らないよう気をつけろ」

「はい」

兵ノ介が、おそるおそる刀身を鞘から抜いた。両手で柄《つか》を握り、ほうと溜息《ためいき》を吐いた。

一郎太は、かつての自分を思い出した。

兵ノ介と同じように、父親から初めて脇差を振ることを許されたとき、嬉しいと同時に、緊張したものだった。

いま、兵ノ介がまさにそんな気分を味わっている。目付きは真剣でも、口元は綻《ほころ》んでいた。

「振ってもいい？」

「もちろん」

「父上、もっと離れて」

そうしなくても刃が届かない間合いはあったが、本身の迫力が、兵ノ介を慎重にならしめていた。

一郎太は数歩さがった。兵ノ介が脇差を上段に構え、

「えいっ」

と振り下ろした。

木刀稽古で身に付けたことを忘れず、ちゃんと刃を止めたが、刃筋が若干、乱れていた。

「……？」

そうなった理由がわからず、首を捻《ひね》った兵ノ介に、

「もっと肩の力を抜け」

「あ、そういうことか」

兵ノ介が肩を揺すって脱力した。

二度目は、刃筋が乱れることもなく、真っ直ぐに落ちた。

「なかなかいいぞ」

褒められて気を良くした兵ノ介が、すぐに振った三度目は、もう文句のつけようがなかった。

さらに素振りを繰り返した兵ノ介が、

「なんか骨《こつ》がつかめてきた」

次の型に移ろうとしたが、

「きょうはそこまで」

一郎太は止めた。

「えー、もうお終《しま》い？」

「気持ちはわかるが、それぐらいにしておけ」

初めてにしては、上手《うま》く行きすぎたことで、兵ノ介の気持ちに緩みが出ていた。

本身もこんなものかという侮りである。

それが一番危ないと、一郎太は説明した。

「そうかなぁ」

ぶつくさいいながら、脇差を鞘に戻した兵ノ介は、露骨に落胆していたが、

「明日からは毎日、やらせてやる」

一転、満面に笑みをうかべた。

「約束だよ」

「ああ、約束だ」

「じゃあ、指切りげんまん」

兵ノ介が、小指を差し出した。

「いい機会だから、教えておこう」

一郎太は兵ノ介の後ろに立ち、兵ノ介に手を添えて鯉口を切らせた。

刃を少し抜いてから柄頭に掌を当てさせ、

「勢い良く、刃を戻せ」

「うん」

兵ノ介がいわれた通りにすると、
ちーん
鍔《つば》が鳴った。

「これは金打《きんちょう》といって、侍同士が誓いを立てるときにやるものだ」

「なんか、かっこいいね」

「お前もいつか、金打を打つことがあるだろう。よく覚えておけ」

「絶対に忘れないと誓います」

さっそく習い立ての金打を打った兵ノ介の頭を、

「こいつめ」

一郎太は、ごしごし撫《な》でてやった。


「まったくもう、どこにいやがるんだ」

と、ぼやくのも、これで何度目か。

兵ノ介は、自分でもわからなくなっていた。

朝餉《あさげ》を済ませたあとですぐに家を出て、本所へ来た。それからずっと、弁慶を探し廻《まわ》っていた。

初めて見る町は、それはそれで面白かったが、昼近くになったいまも、まだ弁慶が見つからなかった。

東両国広小路の広場にも、あの石置場にもいなかった。

子供を見かけるたびに、

「弁慶を見なかったか？」

訊ねてみたが、弁慶と切り出しただけで、みんな尻込《しりご》みしてしまう。あとは首を振るばかりで、それでわかったのは、弁慶がいかに地元の子供たちから恐れられているかということだけだった。

それにしても、本所は広い。どのあたりにいるのかも、判然としなくなっていた。

――このままだと、迷子になっちまいそうだ。

兵ノ介は、いったん東両国広小路まで、引き返すことにした。

「おーい、兵ノ介」

背中に声をかけられたのは、そのときだ。

振り向くと、そこに弁慶がいた。

「俺を探してるそうだな」

弁慶の情報網に引っかかったらしい。探している弁慶に、逆に見つけられていた。

「そうだ、お前に……」

確かめたいことがあって来たと兵ノ介が続ける前に、

「もしかして、お前、隆一郎に勝ったのか？　それで本所に来たのか？」

弁慶が問いを被せてきた。

どうも弁慶は、兵ノ介が隆一郎との試合に勝ったので、あらたに獲得した縄張りを検分しに来たものと勘違いしているようだった。

「隆一郎から、なにも聞いてないのか？」

「あれから会ってねぇ。控え屋敷にはいるようだが、外へ出てこねぇんだ。で、どうだったんだよ？」

弁慶が、試合結果を知ったうえで惚《とぼ》けているとは思えなかった。そんな演技ができるほど、賢そうでもない。

——ということは……。

弁慶は、太助とも会っていないとしか考えられなかった。

これほど知りたがっている弁慶が、太助と会ったなら、力尽くでも聞きだしたはずだからだ。

会いもしなかった弁慶に、太助が大川へ突き落とされるわけがない。

——俺の早とちりだったか……。

兵ノ介はそう思いつつ、訊くだけは訊いてみた。

「太助からも、聞いてねぇのか？」

「太助って、こないだ俺が神田に行ったとき、お前と一緒にいた奴のことか？」

「そうだ。あのあとも会っただろう？」

弁慶が小首を、いや、大首を傾げ、

「そんな覚えはねぇ。ごたごたいう暇があるなら、さっさといえ。お前は隆一郎に勝ったのか負けたのか、どっちなんだ？」

弁慶への疑いは、これで完全に晴れた。

「勝っても負けてもいねぇ。引き分けだった」

「引き分け？　試合にそんなんありか」

「あるもないも、引き分けは引き分けだ」

「……てことは、縄張りはそのままってことだな」

そこに気づいた弁慶が、

「だったら、俺になんの用があって、本所に来たんだ？」

三

「いくら俺でも、人殺しはしねぇって」

昼飯前のおやつにするつもりか、弁慶が駄菓子屋で買い求めた熨斗烏賊《のしいか》を、丸っこい指で裂きながらいった。

「勘太は、俺を匕首で突き刺そうとしたぞ」

「あれは本物じゃねぇ」

「は？」

「芝居の小道具だ。勘太の親父は、役者なんだ。あんまり、売れてねぇけどな。で、勘太も、ときどき舞台に引っ張り出される。眉毛がねぇのも、小せぇ頃から、化粧を塗ったくられたせいだ」

聞いてみると、そんなものだった。

匕首は偽物で、勘太もやくざの子供ではなかった。

「芝居の小道具を、捨てちまって悪いことをしたな」

「あいつ、親父にこっぴどく叱られて泣いてたぜ。まあ、そんなことはいいから、お前も喰《く》え」

半分に千切った熨斗烏賊を、弁慶が気前よく差し出した。

「あんがと」

兵ノ介が礼をいって受け取ると、弁慶が歩きだした。

「それに、俺は弱い者苛《いじ》めが嫌いなんだ」

「それはどうだか……」

「嘘じゃねぇ。イキがってる奴にしか、喧嘩を吹っかけたりしねぇ。たいていは威《おど》しつけるだけだ」

威すのも立派な苛めだと思ったが、兵ノ介はあえて口にせず、

「ところで、太助が川へ落ちたか、落とされたかしたところを見た奴が、本所にいねぇかな？」

神田界隈《かいわい》では、太助に関する情報がなかった。弁慶への疑いが晴れたいま、本所ならと思い直していた。

「そんなところを見た奴がいたら、噂になったはずだ。俺が聞き逃すもんか。もし聞いてたら、もっと早く、太助の……いや、太助を見つけていたぜ」

太助の骸といいかけた弁慶が、兵ノ介を気遣い、いい換えていた。

「お前、案外、いい奴だな」

兵ノ介は、感じたままを口にした。

「よせやい」

鬼の弁慶が照れると、大福餅《もち》に爪を押したような目鼻立ちに、愛嬌《あいきょう》がこぼれた。

「うまいな、これ」

弁慶がくれた熨斗烏賊は、味醂《みりん》で味付けされていなかった。塩味が絶妙で、甘い

ものが苦手な兵ノ介の口にもあった。

「だろ。本所で売ってるのは全部、試したが、ここのが一番、美味《うめ》ぇんだ」

弁慶が得意げにいった。

熨斗烏賊を売る店が、本所にいったい何軒あるのか知らないが、十軒や二十軒ではなさそうだ。なるほど弁慶が、太るわけだ。

熨斗烏賊を、ごっくんと飲み下した弁慶が、

「さっきの話だけど、ここいらの餓鬼どもに当たってやるよ」

太助を見かけた目撃者探しのことである。

「そんなことまで、してもらっていいのか？」

「ああ、事件を追う岡っ引きみてぇで面白そうだ。俺はいつか、本物の岡っ引きになりてぇんだ」

――いやいや、相撲取りの方がよっぽど向いてると思うけど……。

そういいたいのを我慢して、兵ノ介は訊いた。

「俺のこと、根に持ってないのか？」

「喧嘩には負けたが、俺はお前のことが嫌いなわけじゃねぇ」

よくわからない理屈だが、逆に問われていれば、兵ノ介も同じことを答えたかも

しれない。

喧嘩はしたけど、お前は嫌いじゃないと。

いつのまにか、東両国広小路に出ていた。

「弁慶、よろしく頼む」

兵ノ介があらためていうと、

「よせやい」

またも照れた弁慶が、

「とにかく、なんかわかったら、すぐに報せに行く」

「うん、そうしてくれ。ところで、弁慶って綽名《あだな》だよな？」

「ああ」

「ほんとの名前はなんだ？」

「なんでそんなこと聞くんだよ」

「なんでって、なんとなくだ」

「なんとなくだと、だったら教えてやらねぇ」

「もしかして、いうのも恥ずかしい名前だったり？　たとえば花太郎《はなたろう》とか」

「んなこたぇねぇ！」

図星でないまでも、いいところを衝《つ》いたらしい。

「まあ、そのうち気が向いたら教えてくれや」

「……」

弁慶が無言で、本所のほうへ引き返していった。

弁慶と再会したのは、それから半月も過ぎた頃だった。

「……さあさあお立会い、御用とお急ぎでない方は、ゆっくりと聞いておいで、見ておいで、遠目山越し笠のうち聞かざるときは、物の出方善悪黒白がとんと判らない……」

兵ノ介が捨吉、一平と一緒に、西両国広小路で蝦蟇《がま》の油売りの口上に聞き入っているところへ、弁慶が清三と勘太を従えて通りかかったのだ。

「よっ、兵ノ介、いいところで会えた。神田まで行かずにすんだぜ」

兵ノ介は声をかけられるまで気づかなかったが、捨吉たちは、三人をいち早く見つけたらしい。いつのまにか、姿を消していた。

捨吉と一平の背中が、人込みに紛れて遠ざかっていくのが見えたが、

——太助はどこだ？

兵ノ介は、いるはずのない者を探している自分に気づいて、はっとした。

太助の死を実感するのは、いつもこういうときだった。

兵ノ介は、寒風に吹かれたような気分になったが、

「元気だったか？　花太郎」

「花太郎じゃねぇ」

とたんに顔を顰《しか》めた弁慶のかたわらで、清三と勘太が笑いを押し殺した。

「太助のことで、なんかわかったのか？」

兵ノ介が続けると、弁慶が黙って手を振った。

「駄目だったか」

「越中島に土左衛門《どざえもん》を見に行ったのが、二、三人いただけだ」

水死体になった太助しか、見ていないという意味だった。

「わざわざそれをいいに来てくれたのか？」

「それもあるんだが……」

なぜか、弁慶が言葉を濁した。

清三がしゃしゃり出て、

「きのう久しぶりに、隆一郎さんに会ったんだけどよ、お前《め》ぇ、あっさり負けたん

だってな」

「は？」

　兵ノ介は、ぽかんとした。

「いいから、お前は引っ込んでろ」

　弁慶が清三を押し退《の》け、

「なんでも、隆一郎に木刀を飛ばされたそうだな」

「ああ、そうだが、それがなんだ？」

「隆一郎は、それで勝負がついたといってるぜ」

「くっだらねぇ、あいつ、まだそんなことを、ほざいているのか。剣術は木刀の落としっこじゃねぇし、俺は目潰《つぶ》しを喰らわせた隙に、木刀を取り戻した。そのあとで、胴を決めた。あいつも俺の肩を打ちはしたが、木刀が当たったのは、俺のほうが先だった」

　兵ノ介は一気に捲《ま》くし立てた。

「そういうことだったのか。やっぱり変だと思ったぜ」

　弁慶がいうと、

「話が違うじゃねぇか。あの野郎、木刀を飛ばしたあとでそんなことになったとは、ひと言もいわなかったぜ。てめえに都合のいい話しかしなかったんだな」

清三が息巻いた。

隆一郎さんが、あの野郎に変わっている。

大将と奉ってはいても、隆一郎に心から敬意を払っているわけではないらしい。

「目潰しを喰らわせたとき、卑怯《ひきよう》だとぬかしてたぜ」

兵ノ介がつけ加えると、

「目潰しが卑怯ってか。いかにも、侍のお坊っちゃまが、こきそうな台詞だぜ」

案の定、清三が鼻の先でせせら嗤《わら》い、

「やられたら、やり返せばいいじゃねぇか」

勘太も、吐き捨てるようにいった。

「話はちゃんと聞いてみるもんだな」

「まったくだ。こいつは負けてなんかいねぇ」

うなずきあった清三と勘太に、

「な、俺のいった通りだろ。兵ノ介は、そんなつまらねぇ嘘を吐く男じゃねぇ」

弁慶がいったところで、この件に決着がついたが、収まらないのは兵ノ介だった。

「太助のことが片付いたら、白黒つけるつもりだったが、もう我慢できねぇ。弁慶、いますぐあいつに会わせてくれ」

「試合をやり直そうってか？」

「こんどこそ、あいつに、目にもの見せてやる」

兵ノ介は、木刀の柄をぎゅっと握り締めた。

「その試合、俺も見てぇ。これからすぐ、隆一郎のところへ行こうぜ」

清三が身を乗り出した。

勘太が、ぽんと手を打ち、

「見るだけじゃつまらねぇ。どっちが勝つか、賭《か》けようぜ」

「乗った。で、お前ぇはどっちに張るんだ？」

「こいつだよ」

勘太が兵ノ介を指差した。

「なんだ、お前もか。それじゃ、賭けにならねぇ」

清三も兵ノ介に張ろうしていた。

「お二人さん、盛り上がってるところを悪いが」

弁慶が口を挟み、

「忘れちまったのか、隆一郎と会ったのは、あいつが下谷の屋敷へ行く途中だっただろうが。当分、本所に帰れそうにないと、くさくさしてたじゃねぇか。　試合をやるにしても、きょう明日のことにはならねぇぞ」

「その屋敷へ行けばいい」

　簡単なことだと兵ノ介は思ったが、

「そいつは無理な相談だ。前にいったかどうか覚えてねぇが、あいつの親父は五千石の旗本だ。屋敷には家来が大勢控えてる。控え屋敷ならともかく、そんなところへ俺たちみてぇな素っ町人が、のこのこ顔を出してみろ。門前払いを食わされるのが関の山だ。下手すりゃ、手討ちにされちまうぜ」

　弁慶がひらひらと手を振った。

「おお、怖っ。首を飛ばされちまうってか」

　勘太が白目を剝《む》いて、うげぇーっと舌を出した。

　さすが役者の倅《せがれ》だけあって、真に迫った演技だ。

「大丈夫、俺、独りで乗り込むから」

　兵ノ介は勇ましくもいったが、

「だとしても、屋敷が下谷のどこにあるのか、知らねぇんだ」

「そうか、自分で探すしかないな」

「止めとけ。屋敷を見つけたところで、どうにもなりゃしない。隆一郎が本所に戻るまで待て」

弁慶がいったが、兵ノ介はもう聞いてもいなかった。

四

隆一郎は、防戦一方になっていた。

ただでさえ、玄之丞は大番組《おおばんぐみ》きっての遣い手である。隆一郎が太刀打ちできる相手ではない。

しかも、きょうは防具を付けることも許されなかった。

なんども打たれた手首は赤く腫《は》れ上がり、胴や脇腹にしこった痛みで、構えを取るのも辛かった。

それでも、玄之丞は容赦なく打ち込んでくる。いましも、玄之丞の鋭い気合声が道場に響き渡った。

「面っ！」

隆一郎は鉛に変わった竹刀をかろうじて振り被り、頭上に落ちてくる一撃を凌《しの》ごうとした。

「げっ」

竹刀は落ちてこなかった。腹を足で蹴《け》られていた。

「卑怯です！」

隆一郎が呻《うめ》くように叫ぶと、

「甘ったれるな。剣術に卑怯などないと前にも教えたはずだ」

即座に叱責《しっせき》が飛んできた。

飛んできたのはそれだけではない。隆一郎の竹刀が下がったところへ、
ぱーん
こんどは本当に面を打たれた。

しかも、脳天に竹刀を見舞われていた。一瞬で頭の芯《しん》まで痺《しび》れてしまい、痛みすら感じなかった。

膝がかくんと折れた。隆一郎はなすすべもなく、床に突っ伏した。

「立てっ、立たぬか！」

「いやだ、もういやだ」

隆一郎は這《は》って逃げた。

「この腰抜けめ、こうしてやる！」

玄之丞が狂ったように、竹刀を浴びせたとき、

「殿、殿っ」

道場の戸口から声をかけたのは、高杉家の用人《ようにん》・村井半十郎《むらいはんじゅうろう》だった。

村井は、道場でただならぬ事態が起きていると察し、駆けつけたようだった。

「なんだ？」

「それくらいにされておかれたほうが」

「余計な口出しをするな」

仁王立ちになった玄之丞が、村井を睨《にら》みつけた。

「しばらくの間でも、休ませてあげて下され」

村井が白髪頭を下げて頼んでも、

「いらぬ世話だ」

玄之丞は歯牙《しが》にもかけなかったが、

「奥方さまがお知りになればさぞかし……」

と、仄《ほの》めかされたとたん、

「半刻《はんとき》したら戻ってくる」

足音も荒く道場から出て行った。

村井が駆け寄ってきて、

「若様、大丈夫でございますか？」

「大丈夫なものか。こんなの稽古じゃない。ただの暴力だ」

「若様のことを、思われてのことでございます」

村井が宥《なだ》めるようにいったが、隆一郎に向けた瞳には、哀れむ色があった。

「爺《じい》もわかってるくせに。あいつは、俺が嫌いなんだ。だから、痛めつけて楽しんでいるんだ」

守役でもあった村井は、物心がつく前から隆一郎のそばにいた。そんな村井を、本当の祖父だと思い込んでいた時期もあった。

隆一郎にとって、村井は唯一、本音を吐露できる相手だった。

「爺、あいつはなんといって、母上を説き伏せたのだ？」

これまでは、上屋敷で過ごすのは月に二、三度で、一晩泊りで良かった。

それが今回は、玄之丞の許しが出るまで、滞在することになっていた。

玄之丞の目的が、兵ノ介との試合に備えて隆一郎を鍛えるところにあるのはいうまでもない。だが、そんな理由で、朱鷺が承諾するはずがない。

玄之丞はなにか別の理由をでっち上げて、朱鷺を説得したに違いなかった。

それがなにかがわかれば、この生き地獄から脱する手立てになるかもしれないと考えてのことだった。

「今年、殿は上方在番に赴かれます」

「そうだったのか……」

大番組は十二組ある。そのうち四組は上方に配される。その四組が二組ずつに分かれ、京と大坂の在番を勤める決まりになっていた。

それを上方在番と称し、三年ごとに順番が巡ってくる。前回は、隆一郎が五歳のときだった。

——またあいつがいなくなる。あの顔を、一年見なくてすむ……。

ふつふつと喜びが込み上げてきた。

「殿は大坂へ出立なされる前に、若様と一緒に過ごされたいと願われ、奥方様も承知されたのでございます」

「で、いつから、あいつは大坂へ？」

「八月になりましたら、すぐでございます」

「あと二月足らずじゃないか！」

隆一郎は天にも昇る心持ちになった。

「いま、しばらくのご辛抱でございます」

「そうだな、爺。あと少しだけ、我慢すればいいんだな」

嬉し涙すら滲《にじ》んできた。

「それにしても、ここまでなさることもありますまいに」

呟《つぶや》いた村井に、隆一郎は、つい口を滑らせた。

「それも下らない理由で」

「下らない理由？」

村井が怪訝《けげん》な面持ちで繰り返した。

「いや、なんでもない。ただの独り言だ」

「殿には決して申しません。爺に話して下され」

「べつに大したことじゃない。忘れてくれ」

村井はもともと、争いごとを嫌う優しい性格の持ち主である。そこに年齢が加わり、気が弱くなっていた。

そんな村井に、試合などと口にしようものなら、心配で夜も寝られなくなってしまうだろう。

自分さえ我慢すればいいのだ。それも長くて二月足らず、兵ノ介と試合をする許可を得さえすれば、それまでのことだ。

――いよいよ、本気を出すしかなさそうだな。

隆一郎は、これまでずっと、玄之丞の前で猫を被っていた。『能ある鷹《たか》は爪を隠す』を実践してきた。

なまじ隆一郎の実力を知れば、玄之丞が欲を出し、さらに鍛えようとするに決まっているからだ。

〝隠した爪〟を使えば、玄之丞は、試合の許可を下す。

なにをおいても、生き地獄から解放されるには、出し惜しみをしている場合ではなかった。

「爺、父上を呼んできてくれ」

「は？」

「稽古の辛さに弱音を吐いてしまったが、考えてみたら爺のいう通りだ。父上は私のためを思い、心を鬼にして厳しい稽古をつけて下さっている。つまらぬ愚痴を聞かせて悪かった」

「お謝りになることではございませぬが、せめて殿のほうからお出ましになるまで、休まれたほうが……」

「いいから早く」

まだなにかいいたそうな村井を促がそうと、隆一郎は立ち上がった。

どこといえないいくらい、体のあちこちに痛みが走ったが、おくびにも出さず、隆一郎は、竹刀を拾い上げた。

「承知しました」

村井が玄之丞を呼びに行った。

痩《や》せて細くなった村井の背中を見送りながら、隆一郎は余計な心配をかけなくて良かったとしみじみ思った。

それが年寄りの洞察力を見くびった甘い考えとは、つゆほども思わなかった。

老獪《ろうかい》な村井に、隆一郎の演技は無邪気すぎた。逆に、村井の心に疑念の炎を灯《とも》していた。

——若様は、この爺に、なにをお隠しになられているのか？

五

「とりあえず、どっちへ行けばいいんだろ？」

兵ノ介は、新シ橋を渡ったところで、早くも途方に暮れていた。

真っ直ぐ行けば浅草《あさくさ》、左へ向かえば湯島《ゆしま》。

そこまではわかっているが、さて、下谷がどちら寄りなのか、知らなかった。

兵ノ介はあたりをきょろきょろした。

「すみませーん」

声をかけたのは、人の良さそうな若い店者《たなもの》で、十を四つか五つ越えていそうなところから、丁稚《でっち》さんあたりと思われた。

「なんだい、坊や？」

「下谷へ行きたいんだけど」

「お使いにでも行くのかい。感心だねぇ」

勝手に勘違いして褒めてくれたまではよかったが、

「下谷も広いよ。何町に行きたいんだい？」

「何町って、そんなにいろいろあるの？」

兵ノ介は、下谷がひとつの町としか思っていなかった。

「長者町《ちょうじゃまち》に、御数寄屋町《おすきやまち》、車坂町《くるまざかまち》、御切手町《ごぎってちょう》、坂本町《さかもとちょう》に上町、えーとそれから山崎町《やまざきちょう》に……」

まるで坊さんがお経でも唱えているみたいで、眠気を覚えてきた。

「……いまいった中に、あるはずだけど？」

「下谷としか聞いてないんだ」

「なんだ、それならそうと早くいってくれれば良かったのに。それにしても困ったね」

丁稚さんは本気で案じてくれていた。

「探してるのは、高杉ってお屋敷なんだ」

「お武家様かい？」

「うん、旗本だってさ」

「お旗本の高杉様、聞いたことがあるような気もするけど、なにしろ下谷は、武家屋敷だらけで……」

「がくっ」

肩を落とした兵ノ介は、

「とにかく、下谷へ行ってみる。どっちの道を進めばいいの？」

「どうせなら、和泉橋の通りへ出たほうがいい。道沿いに武家屋敷が並んでいるし、辻《つじ》番所もあるから、そこで訊ねれば、教えてくれると思うよ」

「はーい」

手を振って別れた兵ノ介は、たったっと駆けだした。

和泉橋までが三町、そこから右に折れてさらに四町も行くと、武家屋敷が立ち並ぶ一角に出た。

通りの先まで、ずら～っと、黒板塀と長屋塀が続いている。

一軒ずつ確かめていたら、それこそ日が暮れてしまう。

兵ノ介は、丁稚の勧めに従い、辻番所を探した。

てくてく歩いているうちに、とある角に見つけた。

いかめしい顔をした若い番人が、棒を持って目を光らせている。

「お忙しいところ、すみません」

慣れない敬語に舌を嚙《か》みそうになったが、番人は視線を向けてもこなかった。

「高杉様の、お屋敷を探しているんですけど」

やっとこっちを向いた番人が、

「お前のような小僧が、高杉様に用などあるはずがない」

兵ノ介を町人の子とみて、けんもほろろの扱いだった。

それでも、知っていそうな口ぶりではある。

「屋敷へ来いといわれたのです」

「どなたに？」

「どなたってほどでもないですけど、隆一郎といいます」

「高杉隆一郎？　そんな名は知らぬ。聞いたこともない」

「まだ子供です」

「知らぬといったら知らぬ」

「とにかく、高杉様のお屋敷を教えて下さい」

兵ノ介は腰を折って低頭したが、

「煩《うるさ》い、あっちへ行け」

どうでも教えてくれる気はないらしい。

「あっ、そ」

兵ノ介は辻番から数歩離れると、両手を口に当て、

「意地悪！　けちんぼ！」

大声で番人を罵《ののし》った。

「なんだとっ！」

怒った番人が、辻番を飛び出してきた。

「あっかんべぇ～」

兵ノ介は一目散に逃げだした。

「待てっ、小僧、待てっ！」

「泥棒だって、待てといわれても待たねぇつうの。ばーか」

それから半刻も過ぎた頃――。

逃げてきた場所まで引き返した兵ノ介は、

「まずいことになっちゃったな」

つくづく後悔していた。

通りすがりの人に訊ねたら、なんと高杉家の屋敷は、辻番のすぐそばだった。しかも、高杉家の門が、辻番の真向かいに面していたのである。

番人を撒《ま》くだけでも大変だった。

持ち場を離れてまで追ってはこないと思ったのに、怒り狂った番人は我を忘れて追ってきた。

武家屋敷街は、町屋と違って人通りが少ない。人混みを縫って走るのは、子供のほうが断然、有利だが、障害物のない場所では大人のほうが地力で勝る。

しかも、あの番人はふだんから体を鍛えているらしく、滅法、足が速かった。番人なんか辞めて、飛脚になったほうがよっぽど稼げると、お節介にも勧めたくなったほどだった。

一時は、危うく首根っこを押さえられそうなところまで迫られた。

功を焦った番人の足元がおろそかになり、すっ転んでしまわなければ、本当にいまごろ、どうなっていたことか。

考えただけで、冷や汗が滲んでくる。

「あーあ、ここにいても仕方がない。帰るとすっか」

諦《あきら》めた兵ノ介は、肩を落として帰途についた。

結局、いつもと変わらぬ時刻に家に辿り着いた。

「ただいま」

台所にいた郁江に声をかけると、

「お帰りなさい。きょうはどこで、なにをして遊んでいたの？」

こまごまと訊かれたのは、太助のことがあったからだろう。

「捨吉たちと、両国の広小路で大道芸を見てた。面白かったよ」

そのあと起きたことは、いわなかった。

とてもじゃないが、いえなかった。

いったが最後、きょうのことに繫がる一連の出来事まで、明かさなければならなくなってしまう。

これまでにも、親に隠し事をしたことはあるが、ひとつの隠し事が、こんなに大きく成長したことは、いまだかつてなかった。

叱られるぐらいでは、もう済まない。罰として食事を抜かれ、遊びに行くこともできなくなる。

——母上、ごめんなさい。よんどころのない事情で、あとひとつだけ隠し事をします。隆一郎と決着をつけたら、二度としません。いい子になります。

兵ノ介は固く心に誓った。

「それは良かったわね」

郁江が、にっこり微笑んだ。

これにも兵ノ介は、

「うん、とっても」

と答えたが、さすがに良心は正直だった。胸が、ずきずきした。

そのせいだろう。

その日の夕餉は、兵ノ介の大好きな鰺の塩焼きだったが、ちっとも美味《おい》しくなかった。

第四章

一

「これなら矢萩兵ノ介と試合をしても、不覚を取ることはあるまい」

玄之丞が、かつてないほどの上機嫌で宣《のたま》ったのは、隆一郎が本気を出した翌日の昼前のことだった。

「だが、くれぐれも油断はならぬぞ」

大番組きっての遣い手を、五本に一本は際どいところまで追い詰めたことを思えば、余計な忠告でしかなかったが、

「はい、獅子《しし》搏兎《はくと》の精神で挑みます」

隆一郎は抜かりなく応じた。

それからも、だらだらと続く玄之丞の説教を、右から左に受け流していたが、

「兵ノ介の父親は、町道場の師範代を勤めておる。その父親から教えを受けた兵ノ

介を、けして侮るでない」

　これには耳立った。

　兵ノ介の父親が、町道場の師範代とは初耳である。

　──俺も知らないことを、なんでこいつが知っている？　そうか、そんなことをいっていたな。

　誰か人を使って、兵ノ介の周辺を探らせるという話があったことを思い出した。

　あんまり馬鹿馬鹿しいので、すっかり忘れていた。

「とにかく、お前の足元にも及ばぬと思い知らせてやれ」

「ははっ」

　隆一郎は畏《かしこ》まり、

「では、本所へ戻ってもよろしいですか？」

「うむ、行ってもよい」

　了解したものの、あくまでお前の家は、ここだといいたいらしい。

　隆一郎は、面倒臭い男を父親にもった我が身を呪《のろ》った。

「ところで、いつ試合をするつもりだ？」

「そうそうに、と思っていますが、相手の都合もありますので」

「当面、時任《ときとう》を控え屋敷に詰めさせる。日時が決まったら、すぐに時任を通じ、わしまで報《しら》せろ」

玄之丞が率いる大番組の組衆のひとり、時任陣八郎《じんぱちろう》のことである。

控え屋敷の警護に当たることがあるので、隆一郎も見知っていた。

玄之丞の口ぶりから、兵ノ介に関する情報を収集したのも、時任と思われた。

「承知しました。もしかして父上、試合に立ち会われるおつもりですか？」

「いつ、どこでやるか、知っておきたいだけだ。試合は二人のみで行え」

それを聞いて、隆一郎は、ほっとした。

玄之丞が見ている前で試合をするなど、考えただけで鳥肌が立つ。

「それから、試合は人目につかぬ場所でやれ」

「邪魔が入らぬように、ですね？」

「それもあるが、兵ノ介ごときに勝ったところで、なんの誉れにもならぬ。それどころか、浪人の小倅《こせがれ》と試合したと世間に広まるようなことになれば、お前が恥をかく」

本当は、わしが恥をかく、といいたいのだろう。

隆一郎はげんなりしつつ、

「しかと承りました」

――そういうことだったのか……。

村井は、父子の対話を、盗み聞きしていた。

剣術で鍛えた玄之丞の地声は太く、隆一郎の甲高い声もよく通る。そんな二人があたりを憚《はばか》ることなく交わす声は、いささか耳が遠くなった村井にも、格子窓を通してなんなく拾えた。

隆一郎の不審な言動の謎は解けたが、

――殿はいったいなにを考えておられるのか。

いまさらながら呆《あき》れる内容だった。

旗本家の嫡男ともあろう者が、浪人の倅と試合――それも野試合をするとは、なにごとであろうか。

公儀に知られれば、確実に問題視されてしまう。五千石の旗本家が、決してやってはならぬことである。

また、子供同士でも、木刀を振りあえば、怪我はおろか、命を失う恐れがある。

高杉家の跡取りに万一のことがあったら、どうするつもりなのか。

——かつては、こういう方ではなかった。きちんと分別を弁《わきま》えておられた。

玄之丞を朱鷺の婿に迎えるといい出したのは、当時の当主・高杉兵庫《ひょうご》だった。

武芸好きの兵庫に、玄之丞を引き合わせた者がいたのだが、村井はどこの馬の骨とも知れぬ二千石の三男坊と聞いて、高杉家の前途を危ぶみさえした。

だがそれも、玄之丞の人となりを知るにつけ、杞憂《きゆう》だったと悟った。

玄之丞は武芸の達者でありながら学問にも秀でており、さらに人の上に立つ器量を持ち合わせていた。

まさに高杉家を継ぐに相応《ふさわ》しい若者だった。

実際、婿入りした玄之丞は、義父の役職を継ぐ形で就任した大番頭という大役を、つつがなくこなし、朱鷺との夫婦仲も良好だった。

——それが、あの日を境に変わってしまわれた。

夫婦になって約一年後に朱鷺が懐妊した。これで男子が産まれれば、と誰もが期待した。

腹の子の育ち具合を診て、医師もいった。

「まず、間違いなく男子でしょう」

高杉家の関係者は湧き立ち、指を折って出産の日を待ち焦がれた。

　そしていよいよ、その日を迎えた。本来、高杉家にとって、これ以上もなく目出度《めでた》いはずの日だったが……。

　産まれたのは、たしかに男子だった。ただ一人ではなく、二人だった。双子だったのである。

　武家は双子を、畜生腹と称して忌み嫌う。

　畜生は一度に複数の仔《こ》を産む。人の出産が畜生のようであってはならないという論理である。畜生腹は、家に祟《たた》りをなすとまで懼《おそ》れられた。

　村井は、玄之丞から命じられた。

「朱鷺が気づく前に、双子の一人を始末せよ。最初から産まれなかったことにするのだ」

　双子の出産は、母体に負担を強いた。朱鷺は一人目を産んだ直後、気を失ってしまい、続けて二人目を産んだことに気づくはずがなかった。

「畜生腹が祟りをなすなど、迷信にすぎませぬ。一度に二人も男子を得られたと思えば、これほど目出度いことはござりませぬ」

　村井は強く反対したが、

「迷信にすぎぬかも知れぬ。だが、高杉家の子が畜生腹だったと世間に知られたら、迷信も迷信ではなくなってしまう」

「なにも、お命まで奪わなくても。幸い、双子でも、お顔立ちが異なっておられます。お一人を残し、もうお一人を密《ひそ》かに養子に出せば、それでよろしいではございませぬか」

双子にもかかわらず、二人の赤子は顔形が違っていた。いわゆる、二卵性の双生児だった。

「そんな危ない橋は渡れぬ。どこから漏れるか、知れたものではない。それで高杉家の命運が尽きるようなことになったら、わしは高杉家のご先祖さまに、なんといってお詫《わ》びすればいいのだ」

玄之丞にとっても苦渋の決断であることが、悲痛な声と表情に表れていた。

「……承知しました」

村井は致し方なく、赤子を抱いて和泉橋へ向かった。

いよいよ、赤子を川へ投げ落とす段になって迷いが出た。それすらも厭《いや》だったが、赤子を厳冬の河原に置き去りにした。

その際、村井は、高杉家の先々代の当主・高杉隆景《たかかげ》から拝受された根付《ねつけ》を、赤子の手に握らせた。

死ぬ定めにある赤子に、せめて高杉家に産まれた証《あかし》を持たせてやりたかったのだ。

村井の生涯で、あれほど辛《つら》い出来事もなかった。

なんとかやり遂げたのは、高杉家の安泰、ただそれだけを願ってのことだった……。


だが、もっと辛い出来事が、村井を待ち受けていた。

なんと朱鷺は、双子を産んだことを悟っていた。気を失っても、母は母だった。

「どうして、一人しかいないのですか？」

翌朝、目覚めた朱鷺に問い質《ただ》された玄之丞は、

「そのほうの誤解だ。赤子はひとりだった」

あくまで白を切ったが、朱鷺は信じなかった。出産に立ち会った奥女中を問い詰めて、その日のうちに真相を突き止めてしまった。

生まれたのが男子の双子であること、弟のほうを抹殺したこと……。

朱鷺も武家に育った女である。畜生腹が不吉とされることは知っていたが、子を失った悲しみの前に、武家の論理など通用するものではなかった。

朱鷺は半狂乱になって、赤子を返せと玄之丞を責めたてた。

村井は無駄と知りつつ、置き去りにした赤子を探しに和泉橋へ行った。

河原のどこにも赤子の姿はなく、死骸《しがい》すら転がっていなかった。捨て子があったという噂話ひとつ、拾えなかった。

赤子はなにかの拍子に川へ落ち、海まで流されたとしか考えられなかった。

——わしが皺《しわ》腹をかっ捌《さば》き、お願いしておれば、殿も聞き入れて下さったであろうに。老い先短いこの命を惜しんだばかりに、若様を死なせてしまった……。

村井の胸に、悔恨だけが残った。

朱鷺は隆一郎と名付けられた子に、愛情を注ぎ込んだ。

しかし、それで悲しみが癒《い》えることはなかった。

そこへさらに、不幸が重なった。朱鷺の父・兵庫は、玄之丞に家督を譲って間もなく没していたが、母・紀与《きよ》が急病に倒れ、床についてひと月足らずで、亡くなってしまったのだ。

癒えるどころか、いや増した朱鷺の悲しみは、やがて夫への恨みへと変わった。

大声で罵《ののし》るようなことはなかったものの、冷ややかな態度で玄之丞に接するようになった。

玄之丞は、朱鷺の愛情を取り戻そうと努めたが、それは死んだ赤子を甦《よみがえ》らせるよりも難しいことだった。

自責の念もあったのだろう。玄之丞は高杉家の将来のために、出世のみを生き甲斐《が》にするようになった。それに伴い、独善的な当主へと変貌《へんぼう》した……。

——わしには殿が、ますますわからなくなった。

玄之丞は出世を望む一方、自らを破滅に導きかねない行動に走っている。

高みを極めるために山に登っているのか。それとも、より高いところから身を投げるために山に登っているのか……。

おそらく、当の本人もわからぬまま、山頂を目指しているとしか思えない。

——殿がどうであろうと、若様に試合などさせてはならぬ。こんどこそ、腹を切ってでも、止めなくては……。

村井がそう思い定めたとき、玄之丞と隆一郎の会話が終わった。

二人が道場を出る前に、村井は足音を忍ばせて、役部屋へ引き返した。

二

のんびり昼餉《ひるげ》を摂《と》った隆一郎は、屋敷を出た。

本所の控え屋敷へ戻りがてら、新シ橋へ向かったのは、兵ノ介と会って、試合の日時を決めようと思ってのことだった。

やがて、新シ橋に至ったが、河原で遊ぶ子供たちの中に、兵ノ介の姿は見当たらなかった。

となると、ほかに探す当てもない。

そのうち兵ノ介が現れることを期待して、隆一郎は待つことにした。

橋の上から川の流れをぼんやり眺めるうちに四半刻《しはんとき》も過ぎたが、兵ノ介は現れない。

さすがに待つのも草臥《くたび》れた隆一郎の目に、石を投げて水切りをして遊んでいる、二人の町人の子が留まった。

どちらも兵ノ介より小柄だが、歳は近そうだ。

「おい、お前たち」

隆一郎は河原へ降りて声をかけた。

二人は振り向いたとたん、侍姿の隆一郎に戸惑い、顔を見合わせた。

「俺たちになんか用?」

ひとりが、警戒した様子で訊いてきた。もうひとりの子も、隆一郎をこわごわと窺《うかが》っている。

「兵ノ介って奴のことを、知らないか？」

　ふたりが顔を寄せ合い、

「一平、こいつ、誰だろう？」

「たぶん、あいつだよ。兵ちゃんと試合をしたとかいう」

「そうだね、捨吉」

「俺たちが、兵ちゃんの友達だなんてばれたら、なにをされるかわからない。ここは、知らないふりをしたほうがいいと思う」

　ここぞとやりあっているつもりらしいが、間抜けなことに丸聞こえだった。

　いずれにしても、これでは埒《らち》があかない。

「聞こえたぞ。兵ノ介はどこにいる？」

　声を荒らげると、二人は逃げ場を求めて、あたりに目を遣《や》った。

　隆一郎は携えていた木刀を構え、

「痛い目に遭う前に、さっさと白状したほうが、身のためだぞ！」

「……わかった。いうから勘弁してよ」

　捨吉が拝むように手を合わせた。

「さっさといえ」

「で、でも、兵ちゃんがいまどこにいるか、知らないんだ」

「なんだと！」

「独りでどっかへ遊びに行ってるらしくて、このところ、ご無沙汰《ぶさた》なんだ」

一平が口を添えた。

「ほんとか？」

「ほんとだって」

声を揃えた二人に、嘘を吐いている様子はない。

──無駄足だったか。

隆一郎が舌打ちを放つと、

「もしかしたら、家にいるかもしれない」

捨吉がおずおずといった。

「遠いのか？」

「たった二町のところだよ」

「案内しろ」

隆一郎は二人について行った。しばらくして、

「あそこだよ」

と、捨吉が指差したのは、裏通りに佇む貧乏臭い素人屋だった。

兵ノ介の家まで、あと二十間ほどになっていたが、玄之丞から試合のことを、余人に知られてはならないと釘を刺されている。直接、訪ねるわけにはいかなかった。

「俺はここにいるから、兵ノ介を呼んで来い」

隆一郎がいうと、

「わかった」

二人は、すぐに駆けていった。

そこまではよかったが、

「くそっ、まんまと騙された」

二人は兵ノ介の家の前を走り抜け、雲を霞と逃げ去っていた。

「今度会ったら、ただじゃおかないぞ」

姿も見えなくなった二人に、捨て台詞を吐いた隆一郎は、いったん新シ橋に引き返した。そこから本所に向かって土手道を進みだしたとき、

「うん？」

河原の草を、木刀で切り飛ばしながら、兵ノ介がこっちへ向かってくるのが見えた。

兵ノ介のほうでも、隆一郎に気づいたらしい。土手を駆け上ってきた。

「ここで会ったが百年目、隆一郎、覚悟しろ！」

大袈裟《おおげさ》なことを口走るや、いきなり木刀を構えた。

「はあ？」

「俺に勝ったと、いい触らしてるそうじゃないか。この大嘘吐きが！」

「べつに嘘は吐いてない。それに……」

「それに、なんだ？」

「俺は再試合を申し込むために、お前を探していたところだ」

「えっ、お前も？」

「とにかく、そういうことだ。いまここでやるのは、勘弁して欲しいが、早いほうがいい。明日以降なら、いつでも相手になる」

「じゃあ、明日だ。場所はどうする？」

「邪魔が入らないところなら、どこでも」

「石置場を知っているか？」

「ああ、あそこなら、俺も異存はない」

玄之丞にいわれた条件も満たしている。

こんどは、隆一郎のほうから提案した。

「刻限は、朝五つでどうだ？」

「いいとも」

兵ノ介が即答した。

「ただし、今回は俺とお前だけだ。誰も連れてくるな。試合のことを人に話すのもなしだ。親にも内緒だぞ。いいな、わかったな？」

「なんなら金打《きんちょう》してもいい」

「木刀でか？」

「……………」

「まあいい、明日、石置場で会おう」

本所の控え屋敷へ戻った隆一郎は、いつものように朱鷺の部屋へ向かった。

朱鷺もこんなに早く、隆一郎が戻ってくるとは思っていなかったらしい。ぱっと顔を輝かせ、

「一緒に夕餉を摂りましょう」

と、隆一郎を誘った。

よそよそしさは欠片《かけら》もなかった。差し向かいで食事を始めてからも、朱鷺は終始、

にこにこと笑顔を絶やさなかった。

――母上も、あいつが江戸からいなくなるのが嬉《うれ》しいんだ。

隆一郎には朱鷺の気持ちが、手に取るようにわかった。

玄之丞に煩わされることのない、母子二人の平和な暮らしが、もうじき始まろうとしている。それを朱鷺も、心から喜んでいるに違いない。

「父上から、なにか、お話がありましたか？」

膳《ぜん》が下げられたあとで、朱鷺が口を開いた。

「さあ、なにも聞いていません」

隆一郎は、知らないふりをした。玄之丞が大坂へ行くことを、母は自分の口から告げたいのだろうと、慮《おもんぱか》ってのことである。

「なかったなら、それでいいです」

朱鷺はそれしかいわなかったが、それすら隆一郎は、

――母上は、楽しみを先延ばしにされたいのだ。

と受け取り、

「ご馳走《ちそう》様でした」

席を立った。それから時任を探したが、外出でもしたのか、詰め所にはいなかっ

た。

明日の試合に備えて、必要な手筈《てはず》はほかにもある。

隆一郎は、峯岸が居室にしている離れへ向かい、戸口で声をかけた。

「先生、隆一郎です」

「入れ」

隆一郎が戸を開くと、峯岸と一緒に時任がいた。

二人で武道談義でもしていたらしい。

「それがしは、これにて……」

気を利かせて退出しようとする時任に、

「あとでお話があります」

「では、そのあたりにいます」

時任が出て行き、隆一郎は峯岸と対座した。

「先生、稽古《けいこ》は明後日《みょうごにち》からにして戴《いただ》きたいのですが」

「だいぶ、しごかれたようだな」

峯岸が、隆一郎を一瞥《いちべつ》していい、

「明日も疲れを取ったほうがいいだろう」

あっさり了解してくれた。

渡り廊下で時任が待っていた。

「じつはあなたを通じて伝えろと、父からいわれたことがありまして」

「委細、承知しております。で、日時はいつと決まりましたか？」

そこまで話が通っていたことに、隆一郎はいささか驚いたが、

「明日、朝五つ、東両国広小路脇の石置場です」

「わかりました。さっそく殿にお伝えします」

無駄口は一切、叩《たた》かず、時任はその場を立ち去った。

──物事は、いったん動き出すと、どんどん進むものだな。

そんなことを思いながら、隆一郎は自室へ引き揚げ、体を休めた。

「峯岸殿、明日になりました」

下谷の屋敷へ向かったはずの時任が、なぜか峯岸の部屋へ舞い戻っていた。

「思ったよりも早かったな」

峯岸は、こけた頬を撫《な》で廻《まわ》していった。

じつは二人、隆一郎が現れる前から、試合のことで、あれこれ話し合っていたの

である。

それまでにも、なんどか談合を重ねていた。

場所と刻限も伝えた時任が、念を押すように、

「私も参りますが、峯岸殿も立ち会って下さい」

「むろん承知しておる」

「例の件についても、お忘れなく」

「……」

これには、峯岸がむっつりと黙り込んだ。

「やはり、気が進みませんか？」

「当たり前だ。子供を斬るために、修行を積んできたのではない」

もし隆一郎が不覚を取った場合、矢萩兵ノ介は生きて帰さぬことになっていた。

むろん、玄之丞の命令である。

そのことを、時任から伝えられたとき、峯岸は耳を疑ったものだった。

そのときも発した言葉を、峯岸はもう一度、繰り返した。

「試合といっても、所詮《しょせん》、子供同士のことではないか」

「そんなことは問題ではありません。兵ノ介は浪人の小倅です。殿のご嫡男が、そ

のような者に負けたとあっては、高杉家の面目にかかわります。峯岸殿も、それくらいのことは、おわかりでしょうに」

時任が薄い唇を歪《ゆが》めて笑い、

「でも、どうしても気が進まぬようなら」

「ならなんだ？」

「それがしが、代わって差し上げます」

「おぬしが斬るというのか」

「ええ」

時任が平然と応じた。

「一人殺すも、二人殺すも、同じということか？」

「なにをおっしゃいます。それがしはまだ、一人の子も殺《あや》めてはおりませぬ」

「おぬしが殺したも同然であろう」

「あのときも申しました通り、弾みで起きた事故にすぎません。それがしにも、死なせるつもりなど毛頭ございませんでした。矢萩兵ノ介の手掛かりを求め、隆一郎様が試合をされた新シ橋におもむいたところ、たまたま橋のそばにいた子供に、兵ノ介について訊《たず》ねただけのことです。なにを思ったか、子供が逃げだし、足を踏み外して川へ落ちてしまい……とにかく、それがしには、なんの責任もございません」

「相手は年端もいかぬ子供だぞ。おぬしのような男に問い詰められれば、怯《おび》えて逃げ出すのも無理からぬことだ」

「問い詰めてなどおりません」

「では聞くが、おぬしは川へ落ちた子を助けようとしたのか？　見殺しにしたのではないのか？」

「川がひどく暴れておりました。落ちてすぐに姿が見えなくなってしまい、助けようがありませんでした。見殺しにしたもなにも、そうするしかなかったのです」

「それでおぬしの心は痛まぬのか？」

「べつに」

蛙の面に小便だった。

責任のあるなしにかかわらず、子供が死んだことに対する哀れみの念というものが、時任には微塵《みじん》も感じられなかった。

――こやつには、人として持ち合わせるべき情というものが、欠落している。

時任に冷酷な一面があることは見抜いていたが、まさかここまでとは思わなかった。

ある種の異常者とすら思える時任に、なにをいったところで響くわけがない。

「隆一郎が、不覚を取ることはあるまい……」

峯岸は、手塩にかけて育てた愛弟子《まなでし》の勝利を信じるしかなかった。

「万一のときは、ご遠慮なく」

時任がいい残し、飛び立つように出て行った。

三

燃えるような陽射しを浴びながら、一郎太は借家の裏庭の草むしりをしていた。

庭弄《いじ》りの趣味ではない。雑草がはびこり、やぶ蚊が湧く惨状を、さすがに放置しておけなくなり、一念発起してのことだった。

「ふうーっ」

と、吐いた息まで熱い。

日陰に入ってひと休みしようと、一郎太が腰を伸ばしたときだった。

路地と庭を仕切る板塀の向こうから飛んできた小石が、一郎太の足元に落ちた。

――兵ノ介だな。

板塀の裏で、笑いを堪《こら》えている悪戯《いたずら》小僧の姿を想像しただけで、一郎太は噴き出しそうになった。

「うん？」

板塀の上から顔を突き出したが、どこにも兵ノ介の姿がない。

代わりに黒い半被《はっぴ》を翻して、路地の角へと消えていく男の後姿が目に入った。

半被の背に「一元」の染め抜きが躍っている。

小石を投げたのがその男で、あえて玄関先から訪《おとな》いを請わなかったのは、郁江の在宅を察してのことらしい。

――いかにも、あの人らしい心配りだが……。

伝兵衛が、使いを寄こした理由に思い至った一郎太は、戸惑わずにいられなかった。

兵ノ介が捨てられた際、身につけていた品が見つかったに相違ないが、いまさらどうでもいいことだった。

それでも、伝兵衛に会えると思うと嬉しかった。

一郎太は急いで身支度を整え、二階の部屋で繕い物をしていた郁江に、

「ちょっと出かけてくる」

一声かけて外へ出た。

一元の使いの者は、裏通りで待っていた。その顔を一瞥して、

「そのほう、たしか……」

「はい、吉次でございます」

赤子だった兵ノ介から、身ぐるみ剝《は》いだ帳本人だった。

思わず息を吞《の》んだ一郎太に、

「主《あるじ》がお会いしたいと申しております」

吉次が顔を上げていった。

「うむ」

「案内させて戴きます」

吉次が一元の半被を脱いで畳み、小脇に挟んで歩きだした。これもまた一郎太の外聞に対する配慮だった。

大川沿いの通りに出ると、黙々と先を歩いていた吉次が足を止め、一郎太を振り向いた。

「その節は、本当にありがとうございました」

深々と頭を下げた。

「……？」

「矢萩様のお蔭で、お縄付きにならずに済みました」

伝兵衛は、吉次を番所に突き出すといったが、一郎太はそこまでしなくていいと断った。

あくまで兵ノ介の出生が明らかになるのを防ぐためだったが、それで吉次は救われたのだった。

「そんなこともあったな」

「破門にもなりませんでした。ご恩に報いるためにも頑張って探したのですが、申しわけございません。見つけたのは、根付だけです」

吉次が、こんどは謝罪の意味で頭を下げた。

「いや、それだけでも大変だったろう」

一郎太が労《ねぎら》うと、吉次は、ほっと安堵《あんど》の溜息《ためいき》を漏らし、

「主も待っております」

前を向いて歩きだした。

連れて行かれたのは、先日と同じ船宿「ときわ」だった。女将《おかみ》のみの出迎えを受

けたのも、案内された座敷も同じだった。唯一違ったのは、番頭の作久蔵が、きょうはいないことだった。

「どうも、ご無沙汰しておりました」

挨拶《あいさつ》を述べた伝兵衛に、

「こちらこそ」

一郎太は返して、上座に腰を下ろした。

「吉次を迎えにやりましたが、失礼はございませんでしたか？」

「いえ、そんなことは」

「破門にしなかったことに、ご不満は？」

「ありません」

「それを聞いて安心しました」

表情を和ませた伝兵衛が、

「言い訳に聞こえるかも知れませんが、吉次を破門にすれば、かえって世のため人のためになりませんので」

「……？」

「私の元におりますのは、もともと世間の外れ者ばかりでございます……」

と、伝兵衛が語りだしたのは、世間の外れ者を傘下に収めておく利点についてだった。

放置しておけば悪事を為すしか能のない者どもを、厳格な縦割社会に組み込んで管理すれば、暴発を防ぐことが出来る。仕事を与えれば、社会の役に立ち、彼らも食い扶持《ぶち》を得られるので犯罪に走らなくなる……。

「なるほど」

一郎太は、ある意味で納得した。

理想をいえば、悪そのものを根絶やしにするべきだが、そうはならない現実がある。伝兵衛が治めているような組織にも、世の中をより悪化させない予防策として、たしかに存在意義があるといえなくもない。

「もっとも、そうそう上手《うま》くいくものではございません。一元にも置いておけなくなった者が、少なからずいます」

「ご苦労が偲《しの》ばれます」

と、話が一段落したところで、

「さて、これでございます」

伝兵衛が懐から取り出した袱紗《ふくさ》包みを、一郎太の前に置いて広げた。

飴《あめ》色の根付をひと目見て、一郎太は呟《つぶや》いた。

「摩利支天《まりしてん》……」

「さすがに、お侍さまでございますな」

伝兵衛は、摩利支天が武門に好まれる神であると知っているらしく、そんなことをいった。

——やはり、兵ノ介は侍の子だったのか。それも俺のような痩《や》せ浪人の家ではない。

高さ一寸ばかりの小さな像に、精緻《せいち》な細工が施されている。高価な品であることは一目瞭然だった。

絹のお包みと根付けを、吉次は合わせて三両で売ったというが、随分、足元を見られたものだ。それを伝兵衛はいくら払って買い戻したのか？

おそらく一郎太の目玉が、飛び出るほどの額だろう。

「お納め下さい」

伝兵衛にいわれても、すぐには手が伸びなかったが、

「お預かりします」

袱紗に包み直して懐に納めた。

預かるといったのは、一郎太が拾った赤子はいま、知人が育てていると、伝兵衛に話していたからだった。

用件はそれで終わった。

これきり会えなくなると思うと寂しかっただけに、

「矢萩様、いましばらく、お付き合い願えますか？」

伝兵衛から問われて、胸が弾んだ。

「はい」

「じつは倅を連れてきております。矢萩様に、ご挨拶させたいのですが、よろしいでしょうか？」

「もちろんです」

一郎太が諒解《りょうかい》すると、伝兵衛が席を立った。待つことしばらく、子供を連れて戻ってきた。

「お初にお目にかかります。伝兵衛の倅で伝一郎《でんいちろう》と申します。父がいつもお世話になっております。以後、よろしくお見知りおき下さいませ」

緊張でいくらか硬くなっているが、ちゃんとした口上だった。

――伝兵衛殿のご子息は、たしか十歳のはず。兵ノ介が同じ年になっても、とてもこんな挨拶はできないだろうな。

一郎太は心中、苦笑しつつ、伝一郎に向かって名乗り、

「こちらこそ、よろしく」

と会釈した。

はらはらと見守っていた伝兵衛が、肩で息を吐き、

「もういいぞ、伝一郎」

「矢萩様、これにて、失礼させて戴きます」

畳に手をついて低頭した伝一郎が、座敷を出ていった。

「いい息子さんですね」

「いえいえ」

謙遜《けんそん》した伝兵衛が、なにを思ったか、襟元を正してあらたまった。

「じつはお願いがあって、倅を引き合わせました」

「はて？」

「矢萩様に、あれを鍛えて戴きたいのです。いえ、矢萩様が教えておられる道場に通わせますので、あくまで門弟のひとりとして、扱って下されば結構です。預けた以上は一切、口を挟みませんし、ものになりそうにないと思われたら、いつでもそ

うおっしゃって下さい」

伝一郎は母親似なのか、顔つきが優しく、ひ弱な印象があった。剣術の稽古を通じて、逞《たくま》しく育てたいという伝兵衛の気持ちは理解できたが、

――切った張ったのために、剣術を学ばせるのは、いかがなものか。

そこに一郎太は引っかかった。

「矢萩様は、ご存じかどうか、わたしらの稼業には子が親を継ぐ、しきたりはございません」

伝兵衛が、一郎太の危惧を読んだかのようにいいだした。

「聞いたことはあります」

裏稼業の世界では、血縁よりも実力がものをいうらしい。統率力のない者を頂点に据えたりすれば、競合相手に潰《つぶ》されてしまうからだろう。

「これは、死んだ女房とも約束したことですが……」

やもめであることを、さらりと明かした伝兵衛が、

「私も倅に跡を継がせる気は毛頭ありません。堅気として、暮らしを立てさせるつもりです。そのために、剣術を学ばせたいのでございます」

一郎太の迷いは払拭《ふっしょく》された。

「入門が許されるかどうかは、片岡先生次第ですが、まず問題ないでしょう。それがしからも口添えします」

道場主の片岡道斎は練れた人柄で懐が深い。裏稼業を持つ伝兵衛の倅であっても、受け入れてくれるはずだった。

「矢萩様に鍛えて戴きたいのは、なによりここです」

伝兵衛が、自分の胸に拳《こぶし》を当てていった。伝一郎の人格形成を託したいということだろうが、

「ただの浪人には、荷が重すぎます」

「矢萩様は、浪人しておられても、武士《もののふ》の心をお持ちです。前にお会いしたとき、覚悟を決めて来られたあの潔さに、兄弟分の杯を交わしたいとさえ、感じ入ったものです」

「そこまで、それがしのことを？」

「矢萩様だからこそ、大事な倅を預ける気になったのでございます」

伝兵衛が、一郎太の目を見ていった。

そこらのやくざ者とは一線を画する真の俠客《きょうかく》が、一郎太を〝漢《おとこ》〟と見込んでいる。

「それがしでよろしければ、喜んで、お引き受けいたします」

四

日付が変わる刻限になっても、村井は床についていなかった。

――殿の身になにか起きたのか？

心配になるほど、玄之丞の帰邸が遅れていた。上方在番のことで老中と打ち合わせがあるといって、昼前に出かけたきり、戻っていなかった。

それだけでも、公儀に知られたら一大事だが、村井はほかの理由でも、やきもきしていた。

いつどこで試合をするかが決まったら、時任を通じて報せるようにと、玄之丞が隆一郎に命じたのを、村井は耳にしていた。

その時任が夕刻前に、上屋敷へやって来た。それはつまり、試合の詳細が決まったということにほかならない。

なんとしても試合を止めさせようと決意しているだけに、時任のことが気になって仕方がなかったのだ。

時任にとっても、玄之丞が帰邸しないのは、意外だったらしい。苛々《いらいら》した様子で、門の周辺をうろつき廻る時任の姿を、村井は一度ならず目撃していた。

やっと玄之丞の供侍が、屋敷の門を叩いたのは、夜も明けるころだった。

村井はすぐに出迎えに走った。

「殿、いかがなされました？」

「いやなに、御老中に引き止められてな」

駕籠《かご》から降りた玄之丞は、薫香を漂わせていた。目に隈《くま》ができているが、村井の前でも、玄之丞はいつになく上機嫌だった。

上司である老中と夜っぴて飲み明かしていたということなら、外泊しても問題にはならない。

村井はひとまず安心した。

「御老中は、上方でのお役目を無事に果たせば、わしを別の役に推挙することを考えておられるそうだ」

大番頭の地位に飽き足らない玄之丞は、盛んに老中に取り入ってきた。

時候の挨拶はむろん、高価な贈り物を欠かしたことがない。これには村井も、用人として一役買っていた。

「村井、これからも、わしを支えてくれ」

玄之丞が相好を崩した。

老中の口から出た話なら、在番中に失態を犯さない限り、出世は約束されたようなものである。

ますますもって、隆一郎に野試合などさせてはならぬと決意を新たにした村井は、

「ははっ」

いったん頭を下げて畏まった。顔を上げようとしたとき、

「殿」

誰かの声が、村井を飛び越えた。

いつのまにか、時任が村井の後ろに立っていた。時任も眠らなかったようで、目を赤く充血させている。

村井が聞いても、どうせわからないと高を括《くく》っているのか、

「構わぬ、用があるならここで申せ」

玄之丞がいい放った。

大名家なら家老にも当たる用人としては、不愉快極まることだが、

「本日、朝五つ、東両国広小路脇の石置場」

時任が伝えるのを聞いて、村井は蒼褪《あおざ》めた。

だいぶ前に、朝六つ半の鐘が鳴っている。

試合の刻限まで、あと四半刻《しはんとき》も残されていない。いまから駆けつけても、間に合わない。

あとは、隆一郎の武運を祈るのみだった。

そんな村井をよそに、

「時任、寝ずに待っていてくれたのか。帰りが遅れて、すまなかった」

「いえ、そのようなことは。万一のときは、峯岸殿がおられます。それがしも急ぎ駆けつけ、首尾を見届けて参ります」

「そうしてくれるか。わしはこれからひと休みする。良い報せを待っておるぞ」

背を向けた玄之丞に、

「承知致しました」

時任が辞儀をして、門を出ていった。

独りその場に残った村井は、

——万一のときは、峯岸がいる？

脳裏で反芻《はんすう》して、はっと気づいた。

——若様が、不覚を取られた場合、殿は、矢萩兵ノ介を亡き者にされるおつもりだ。

村井は、慌てて門外へ出た。若い時任の足ならまだしも、老骨に鞭《むち》を打っても石置場は遠い。

駕籠を探しながら走ったが、和泉橋を前にしても、ついぞ駕籠と行き合えなかった。

厭な記憶しか残っていないこの橋を、村井は遠回りしてでも渡らなくなっていた。

――いまは、そんなことに構っている場合ではない。

橋の手前を左に折れれば回避できるが、駕籠を拾える確率は、対岸の柳原通りのほうがはるかに高い。

すでに息が上がっていたが、村井は、和泉橋を一気に駆け抜けた。

渡り終えたところで、そのつけがきた。

胸に疼痛《とうつう》を覚えた村井は、歩くこともままならなくなってしまった。

――まだ道のりの半分もこなしていないというのに……。

胸を押さえて悲嘆にくれる哀れな年寄りを、天が哀れんだのかもしれない。

――たしか殿は、矢萩兵ノ介の父が師範代を勤める町道場が、馬庭念流だとおっしゃっていた。なにかの折りに、その道場を見かけたような……。

馬庭念流の道場は珍しいので、記憶に残っていた。

――たしか、小伝馬町の牢《ろう》屋敷と、和泉橋のちょうど中ほどだった。違っていたらそれまでだが、行ってみる価値はある。

村井は老骨に鞭を打ち、よろよろと歩きだした。

「こう来たら、こうだけど、こう来るかも。そのときはこう捌《さば》いて、こう打ち込めば……」

兵ノ介は、ぶつぶつ呟きながら歩いていた。

これから試合をする隆一郎と、頭の中で闘っていた。

いや、闘っていたのは、不安と、だった。

隆一郎に勝てる自信が、いよいよという段になって、ぐらついていたのだ。

そのせいで、両国橋の手前の広場に差し掛かり、人通りが一気に増えたことにも、気づかなかった。

「痛いじゃない。なにすんのよもう」

木刀を持ったつもりで勢い良く振った腕が、前を歩いていた人の背中を叩いていた。

なよなよと振り向いたのは若い町人だ。女物の着物を纏《まと》い、頭に被《かぶ》った手拭《てぬぐ》いの端を嚙《か》んで留めている、どこからみても立派な陰間《かげま》だった。

「おにいさんねえさん、ごめんなさい」

兵ノ介は、吹きだしそうになるのを我慢して謝った。

陰間をそう呼ぶのが、そのころ、子供たちの間で流行《はや》っていた。

「おにいさんねえさんだと。おちょくってんのか、こら！」

はい、たしかにその通りですけど、

「そんなことは、ありませーん」

「お前のその態度が、いかにもなんだよ」

細い眉《まゆ》を吊《つ》り上げた陰間が、腕を捲《まく》った。

意外と太い腕で、兵ノ介の頭に拳骨《げんこつ》を落としてきた。

兵ノ介は、するりと躱《かわ》した。

勢いあまった陰間が、ほかの通行人とぶつかった。

「無礼者！」

怒声を放ったのは、いかにも怖そうな武家だった。

「旦那《だんな》、悪いのはあたしじゃございません。なにもかも、その小僧のせいなんですよ」

陰間が甘え声で、武家に釈明する。男になったり、女になったり忙しいことだ。

「小僧、この者が申したことに相違ないか？」

武家に質された兵ノ介は、いまにも泣き出しそうな顔を作り、

「おいら、なにもしてないよぉ」

「武士に無礼を働いたあげく、いたいけな子供のせいにするとはなにごとか。ただでは済まさぬぞ！」

武家が、大刀の柄袋《つかぶくろ》を外しにかかった。

「冗談じゃないわよ」

陰間が、武家を突き飛ばして逃げだした。

「待て、待たぬか」

武家も雑踏に消えた。

陰間には気の毒なことになったが、

「まあ自分でなんとかするだろう」

兵ノ介はうそぶいたばかりか、

「なかなかいい感じだったな」

陰間の拳骨をなんなく躱した自分に、すっかり満足していた。

これなら、隆一郎との対戦でも、いい動きができそうだ。ひょんなことで、自信を取り戻した兵ノ介は、

「やったるで！」

雄たけびを上げて走りだした。

約束の刻限には歩いても間に合うが、隆一郎よりも先に決戦の場に赴き、ひと汗流しておきたかった。

――いっそ、上方で戦でも起きてくれないかな。それでくそ親父が討ち死でもすれば……。

向こう一年どころか、未来永劫《えいごう》、玄之丞と顔を合わせなくて済む。

自分の思いつきに、くつくつと笑った隆一郎は、

「獅子搏兎の精神で挑みます」

玄之丞に、しおらしくいった自分が、いまさらながら恥ずかしくなった。

本当は、こういいたかった。

「軽く手首で捻《ひね》ってご覧にいれます」

と。

――いや、軽く捻った程度では、逆につまらないな。

兵ノ介は、町人のくせに生意気だ。大身の旗本の跡取りである自分に、物怖《ものお》じしない。

どうかすると武家の子より堂々としていた。

実際、兵ノ介はそれなりのものを持っている。少なくとも、これまで打ち負かしてきた連中よりは、手ごたえがあった。

兵ノ介の鼻っ柱をへし折るには、格の違いを見せつけなくてはならないだろう。

玄之丞にしごかれた疲労が、まだ抜けきっていないこともある。

――初手から一気に攻めたて……。

打って打って打ちまくる。兵ノ介が泣いても喚《わめ》いても手を緩めず、地に這《は》わせたあとも打ち続ける。

それくらいしないと兵ノ介は、これまで屈服させてきた連中のように、隆一郎が眉間《みけん》に皺を寄せただけで、びくびくするようにはならないだろう。

「こいつめ、こいつめ」

隆一郎はいつしか、携えていた黒樫《くろがし》の木刀を、空想上の兵ノ介――血だらけになって命乞《ご》いをする兵ノ介に、叩きつけていた。

五体が燃えるように熱くなっている。興奮を鎮めるのに苦労した。

――やりすぎても、まずいな。

死なせてしまったら、元も子もなくなってしまう。見たいのは、兵ノ介の卑屈な姿なのだ。

――そうなると、なかなか手加減が難しいな。

どうやって勝つかではない。

どうやれば、兵ノ介を殺さぬ程度に、自分を抑えられるかが問題だった。

そんなことを考えながら、石置場へ向かう隆一郎の数間後ろを、塗笠《ぬりがさ》を被った峯岸一鬼が尾行している。

五

石置場は、きょうも無人だった。

ここを根城にする弁慶たちの姿もなく、

「えいっ、やっ、えいっ、やっ……」

兵ノ介が発する気合声が、うず高く積まれた石の壁に、ことさら寂しく木霊していた。

それでも兵ノ介は、少しも孤独を感じていなかった。

振っているのは、一郎太から貰《もら》った木刀である。それが手作りだということも、いまでは気づいている。

そんな思いのこもった木刀を振っていると、一郎太がそばにいるようで、心強かったのだ。

「うん？」

気配に振り向くと、石置場の通路を歩いてきた隆一郎が、

「やる気、まんまんだな」

馬鹿にしたようにいった。

いつもなら、なにかいい返すところだが、

――いよいよか。

兵ノ介は、気を引き締めただけだった。

隆一郎が笑いを消し、手にぶら下げていた木刀を、いきなり脇構えにした。前回

と違い、襷掛《たすきが》けも鉢巻もしなかった。

「いいのか、準備しなくても？」

「お前ごときに、そんな必要はない」

「そうか」

兵ノ介は淡々と応じ、木刀を左手に持って一礼した。

「おりゃあーっ」

上段に振りかぶった隆一郎が、いきなり兵ノ介の脳天へ稲妻を落としてきたのは、そのときだった。

「えっ！」

木刀で払う暇もなかった。

それほど鋭い一閃《いっせん》だった。

半歩右に動いて、かろうじて初手を躱した兵ノ介を掠《かす》めるように、隆一郎が通り過ぎていった。

それを追って兵ノ介が体を向けると、初手に全力を注ぎ込んだ隆一郎は、早くも口を開けて息をしていた。

反撃に転じる好機だが、心にびっしょりと冷や汗をかいた兵ノ介に、そんな余裕はなかった。

「きぇぇーっ」

隆一郎が、またも脳天を狙ってきた。

こんどは兵ノ介も、木刀で受けることができた。

木刀を絡み合わせたまま、隆一郎がぐいぐいと押してくる。

兵ノ介は負けじと足を突っ張った。

すかさず隆一郎が足払いをしかけてきた。

——そんな手は食うか！

兵ノ介は、後方へ跳び退《の》きつつ、木刀を振り下ろした。

「えっ？」

隆一郎は体を泳がせることなく踏み止《とど》まり、八双から打ち込んできていた。

さすがに間合いが足らず、二本の木刀が、空を斬り合った。

兵ノ介は、地面すれすれで止めた木刀をすぐに返し、前へ出て逆袈裟に斬り上げようとした。

だが、寸前で、足が止まった。

信じられないことが起きていた。

なんと、隆一郎の木刀が、兵ノ介の喉元《のどもと》まで迫っていた。

兵ノ介が、咄嗟に軸足ではない左足を後ろへ滑らせ、上半身を仰《の》け反らせたのは、意図してのことではなく、体の反射だった。

兵ノ介の顎の先を太刀風がなぶり、隆一郎の木刀が天を突いた。

その隙に、兵ノ介はさらに後退して、間合いを開いた。

木刀を握った手が、じっとりと汗ばんでいる。

――いまのは、なんだったんだ？

斬り下した木刀を止めたのは、兵ノ介のほうが先だった。なのに、兵ノ介が木刀を返したときには、隆一郎はもう次の動きに移っていた。

まさに手妻のような隆一郎の手筋に、兵ノ介は未知の恐怖を覚えていた。

「くくくっ」

含み笑いを漏らした隆一郎が、するすると身を寄せてくる。

闇雲に向かっても、負けが見えている。兵ノ介は、寄せに合わせて後退《あとずさ》りした。

それからも、隆一郎が仕掛けてくるたびに、同じことを繰り返すしかなかった。

醜態を晒《さら》しつつ、

――どうすりゃいいんだ？

無い知恵を絞った。

隆一郎の薄ら笑いも見飽きたころ、ようやく思いついたのは、

――もう一度、試してみるしかなさそうだ。

同じ技を仕掛けさせて見極めるという、策というのもおこがましい、一か八かの賭《か》けだった。

兵ノ介は肩の力を抜いて、両手をぶらりとさせた。右手のみで握った木刀の先端が地面に触れた。

そのまま木刀を引き摺《ず》りながら、兵ノ介は隆一郎に歩み寄った。

「血迷ったか」

隆一郎が、八双からの袈裟懸けを放ってきた。

これをゆらりと躱した兵ノ介は、目で隆一郎の木刀の動きを追った。

そして見た。

空を斬った隆一郎の木刀の切っ先が、小さな弧を描いて跳ね上がるのを。

見た直後、跳んで逃れたが、逆袈裟の返し技に頰を掠られてしまった。

――やっぱり、こいつは強い。

痛みも忘れて、兵ノ介は心中で唸《うな》った。

木刀を切り返すには、いったん木刀を止め、それから反対方向の動きに移る。そういうものであり、兵ノ介もそうしている。

ところが、隆一郎の木刀は、一瞬たりとも止まらなかった。

ようするに、直線の軌道を往復させると必然的に訪れる停止の瞬間を、円軌道を描くことで潰していたのだ。

そこに生じるのは、ほんのわずかな差でしかないが、勝者と敗者を分かつに十分な間であることは、いうまでもない。

まさに常識を覆す隠し技だった。

そんな技を、自分と同じ八歳の子が身につけたところに、兵ノ介は隆一郎の〝天才〟を嗅《か》ぎ取っていた。

謎は解けたものの、対抗手段まで構築できたわけではない。

兵ノ介は、とりあえず時を稼ごうと、

「おまえの技を見破ったぞ！」

大声で、はったりをかました。

なんでもいってみるものだ。これが意外と功を奏した。

「なにっ！」

目を剝《む》いた隆一郎が、踏み出そうとしていた足を、慌てて引っ込めた。

——くそ親父でさえ手古摺《こず》った技を、あっさり見破られた……。

隆一郎は、血の気が引く思いだった。

弧を描かせて木刀を切り返す技を、隆一郎は峯岸から伝授されていた。その技こそが、隆一郎の〝隠した爪〟だった。

——こいつは、打って打って打ちまくれるような相手ではない。

攻撃は最大の防御というが、隙が生じる間《ま》でもある。相手によっては、おのれのほうが危うくなる。

はったりをかまされたとも気づかぬ隆一郎には、兵ノ介がまさしくその相手と映っていた。

隆一郎はいったん構えを青眼に取り、息を整えた。

その隆一郎を、やはり青眼に構えた兵ノ介が観察している。

これまでのように闘志を剝き出しにした視線ではない。やや伏目にしたそれは、遠山の目付けだった。

能面のように表情も消している。そこから読み取れるものはなにもない。

不気味としかいいようがなかった。

――いつ仕掛けてくる？

隆一郎は生まれて初めて、同年代の対戦相手に恐れを抱いた。

――これが、子供同士の試合とは……。

剣の道にのみ生きてきた峯岸ですら、信じがたい光景だった。

一瞬の油断が勝敗を決するであろう、まさに死闘が演じられていた。

――あれはほんとうに、わしが育てた弟子なのか。

師から見ても、隆一郎の奮戦は目を瞠《みは》るほどのものであり、

――とんでもない子供がいたものだ。

兵ノ介も逸材としか、いいようがなかった。

非凡な才に恵まれただけでは、いくら切磋《せっさ》琢磨《たくま》したところで、剣の極意に達することなどできない。

師ですらときに障害となるのが、この道である。師という枠が天井になってしまい、成長を止めてしまうからだ。

なにより必要なのは『敵』である。好敵手の存在こそが、才能が開花するかどう

かの鍵《かぎ》を握る。

峯岸は、それぞれ非凡な才を持つ、兵ノ介と隆一郎とが、互いに好敵手——それも生涯で一度、出会えるかどうかという最上の好敵手同士になりえると直感した。

——この二人が競い合えば、いまだかつて誰も達しえなかった高みも夢ではない。

とすら思った。

二人は膠着《こうちゃく》状態に陥ったが、この先、なにが起きても不思議はない。

固唾《かたず》を呑んで見守る峯岸は、剣術者としてあるまじきことに、背後に近づいてくる気配に気づかなかった。

足音に振り向くと、時任だった。

「間に合ったようですね」

対面したまま動かない二人を見て、時任は試合がまだ始まったばかりだと勘違いしていた。

説明する暇も惜しんだ峯岸は、軽くうなずいて、二人の子供に視線を戻した。

「それにしても若様、やけに慎重ですね。それほどの相手でもないでしょうに」

「煩《うるさ》い。黙って見ておれ」

時任が不満げに鼻を鳴らしたが、それきり静かになった。

ちょうどそのころ――。

「どいてくれ、急いでいる、道を開けてくれ！」

一郎太は怒鳴り声を上げて、西両国広小路の雑踏を走り抜けていた。

この日も、朝五つから始まる稽古に合わせて、片岡道場へ向かっていた一郎太は、道場の近くで、見知らぬ老武士に声をかけられた。

老武士は髻《もとどり》の解けた頭髪を振り乱し、大刀を杖《つえ》にしていた。落ち武者もかくやというその老武士が、

「このあたりに、馬庭念流の町道場がござらぬか？」

「ええ、あります。よく知っております」

「その道場に、矢萩と申される師範代がおられるか？」

「はあ、矢萩は、それがしですが……」

訝《いぶか》りつつ答えた一郎太の腕を摑《つか》んだ老武士が、

「ご、ご子息が危のうござる」

絞り出すようにいった。

一郎太は、老武士の正気を疑いかけたが、内容が内容だけに、

「いったい、どういうことですか？」

問い返したその声に、鐘の音が重なった。朝五つを告げる時の鐘が、鳴り始めていた。

「い、いかぬ」

呻《うめ》くように発した老武士が、

「いますぐ、東両国広小路脇にある石置場へ向かって下され。そうせねば、一生、後悔することになりますぞ」

気がついたときには、一郎太は、老武士をその場に残して走りだしていた。

そしていま、ようやく、

──両国橋を渡れば……。

石置場はすぐそこになっていた。

「どいてくれ！」

一郎太は、盛り場よりも混み合っている両国橋へ分け入った。人の海を、泳ぐように進んだ。

ただでさえ両国橋は百間ある。その百間が百里にも感じられた。

渡り終えたときには、精も根も尽き果てていた。

足は鉛と化し、心の臓は口から飛び出しそうになっている。

それでも一郎太は走った。

体当たりも同然に、最後の難関・東両国広小路を抜け、石置場の入口に辿《たど》り着いた。

公儀の施設なので、誰かいても良さそうなものだが、見渡す限り人の姿はない。

視界を埋めるのは、大小さまざまな石が積まれた山、山、山……。

老武士からは、石置場としか聞いていない。この石置場のどこで、なにが起きているのかも知らなかった。

「兵ノ介！　どこだ、どこにいる？」

一郎太は、声を限りに呼びかけた。

どこからも返事はない。

一郎太の声に驚いた数十羽の鴉《からす》が、いっせいに飛び立っただけだった。

不吉とされる鳥が、禍々《まがまが》しい啼声《なきごえ》を上げながら、雲が垂れ込めた陰鬱《いんうつ》な空を埋めていく……。

――こうなったら、手当たり次第、探すしかない。

一郎太は、目についた通路へ飛び込んだ。

六

どこからともなく現れた鴉の群が、空を覆ったそのときだった。

突然、呪縛《じゅばく》から解かれたように、試合が動きだした。

——これはいったい、どういうことだ？

峯岸が腹の底で唸ったのも無理はない。

剣術とは読み合いである。なんらかの読みがきっかけとなり、攻防の火蓋《ひぶた》が切られる。

先の後だの、後の先だのといったところで、先と後を分ける時の差が存在することに変わりはない。

だが、隆一郎と兵ノ介の攻防には、きっかけらしきものがなかった。まるで示し合わせたかのように、ぴたりと同時だった。

驚かされたのは、それだけではない。

二人とも上段から斬り下ろしていた。互いに面を取ろうとしたのみならず、正確に同じ一点を狙っていた。

同じ軌道を描いた木刀は切っ先で交わり、そのまま左右に流れ落ちた。

さらに、そこからの切り返しが凄《すさ》まじかった。

隆一郎が得意とする円軌道の切り返しを、なんと兵ノ介もやってのけたのである。

――こんな攻防は見たことがない。わし自身、経験したことがない。

峯岸だからこそ、持ち得た感想だった。

「やっと始まりましたね」

時任はただそのことを喜び、

「あの餓鬼も、なかなかやるじゃないですか」

峯岸には世迷言《よまいごと》としか思えぬ言葉を吐いた。

――殿の配下で一と称される使い手にして、このざまか。若輩者めが、なにも見えておらぬわ。

峯岸には二人の勝負が、どういう形で決着するかまで見えていた。

――よくて相打ち。

そうなった場合、はたしてこの若輩者はどう出るのか？

「殿は引き分けでも、兵ノ介を殺すよう命じられるはず」

そう言い募るに違いない。

兵ノ介ほどの天稟《てんぴん》に恵まれた童《わらべ》を、むざむざ死なせるわけにはいかない。

そうなったときは、時任を諫《いさ》めるのが、自分の役目だと峯岸は思い定めた。

玄之丞の怒りを買えば、食い扶持を失い、路頭に迷うことになるだろうが、生涯の大半を武者修行の旅に費やしてきた峯岸にとっては、元の暮らしに戻るだけのことである。

屋根の下でぬくぬくと過ごすいまの暮らしを、むしろ堕落と感じるのが、峯岸という男だった。

心はいまだ、何処とも知れぬ野山を流離《さすら》っている。

それにしても不思議だった。

堰《せき》を切ったように打ち合いを再開させてからも、隆一郎と兵ノ介は、同時に仕掛けては離れ、離れては仕掛けるを繰り返している。

当人同士も戸惑っているらしい。打ち合うたびに、大きく目を瞠《みひら》いた。

その仕草まで、鏡に映したように揃っている。

――こんなことはありえない。ありえないことが起きている……なぜだ？

唯一、考えられるとしたら、互いの心の動きを正確に読み取っているということだが、

――いや、それだけでは説明がつかない。

相手の心が読めたら、必ずその裏を掻《か》こうとするものである。

――それもない。

峯岸はまさに、困惑の極みに至った。

その峯岸の肩を、時任がぽんと叩いた。無視しようと思ったが、

「誰か来ました」

さすがに、聞き流すわけにいかなかった。

峯岸が、こちらへ向かって駆けて来る浪人の姿を認めたとき、

「あれはたしか、矢萩一郎太……。今日の試合のことを知らないあやつが、どうして？」

時任がぶつぶつ呟きながら、歩きだした。

「なにをする気だ？」

「こうなったら、仕方がないでしょう。のこのこやって来るほうが悪い」

時任が、なんとも不気味な笑みを浮かべた。

隆一郎と兵ノ介の試合に触発されて血を滾《たぎ》らせたものか、時任は残忍な本性を露《あらわ》にしていた。

「よせ」

峯岸がいったが、時任は大刀を抜き放ち、一郎太へ向かって突進していった。

時任を追ってまで、峯岸は止める気にはならなかった。

一郎太を一瞥しただけで、わかっていた。時任に斬れる相手ではない。

腕の違いもわからぬ未熟者は、

――勝手に斬られて死ぬがいい。

はたして一郎太は、時任の不意打ちともいえる行為に少しも慌てることなく、大刀の鯉口を切り、足を左右に開いて低く身構えた。

微塵の隙もなかった。

一郎太は刃を抜かず、時任をぎりぎりまで引き寄せた。

時任が走る勢いで叩きつけた一刀を、わずかな見切りで躱すと、擦れ違った時任の背に追い打ちを放った。

時任が、血飛沫《ちしぶき》を上げるはずだったが……。

――余計な情けをかけたものだ。

一郎太の一撃は、峰打ちだった。

背中を打たれた時任は地面に崩れたが、峰を返したことで打ち込みが遅れ、当たりが浅かったらしい。

時任は、気絶には至らなかった。歯を食いしばって立ち上がった。

刀を下段に取った一郎太が、足元も定まらない時任に向かって、かぶりを振った。

これ以上続けても無駄だという、意思表示だった。

それを侮蔑《ぶべつ》と受け取ったか、

「くわーっ」

声を振り絞った時任が、刀を振り上げて、一郎太に斬りかかった。

刃筋も定まらぬ時任の一刀を、一郎太がいなすように払った。

それは時任の刀を飛ばして奪い、戦意を喪失させる目的でしたものであったが、
きーん
金属音を発して刃が交差した刹那、峯岸にも予想できない事態が起きた。

虚空で、きらきらと銀の光が踊り、地上では血煙が舞っていた。

「ま、まさか……」

一郎太の刀が折れ、時任の刃を浴びることになったとわかってもなお、峯岸は信じられなかった。

なにかの間違いだと思いたかったが……。

糸の切れたあやつり人形のように、一郎太が地面に膝《ひざ》をついた。

一郎太の体を伝い落ちた血が、白い地面にみるみる広がっていった。

時任が一郎太に歩み寄り、ゆっくりと刀を振り被った。

止めを刺そうとしているのは明らかだが、

──もはや、その要もない。

それほどの深傷《ふかで》を、一郎太は負っていた。

だがここで、峯岸はさらに信じがたい光景を、目にすることになった。

時任が、刀を振り下ろす寸前、一郎太が前のめりに倒れた。

目標がずれてしまい、時任の刀は空を斬った。

時任の腰に凭《もた》れかかった一郎太が、いつしたものか、折れた刀を時任の下腹部に押し付けていた。

そのまま倒れ込んだ一郎太は、

「うぎゃ──っ」

臍《へそ》の下を切り裂かれた時任が、悲鳴を上げたときには絶命していた。

一郎太の死骸に折り重なって倒れた時任も、しばらく身悶《みもだ》えしたあとで、動かなくなった。

まさに死力を振り絞り、時任をあの世へ道連れにした一郎太に、

「お見事でござる！」

峯岸は心からの賛辞を送った。

おのれが発したその声が、おのれの脳天を貫いた。

「いかん！　早く試合を止めねば」

隆一郎と兵ノ介の闘いは、子供同士の木刀試合という範疇《はんちゅう》を、はるかに越えている。

最悪の場合、また二つ、死骸が増えることになる。

――相討ちになるとわかったとき、止めるべきだった。

壮絶極まる試合展開に、我を忘れて見入ってしまったのが間違いの元だった。

峯岸は身を翻して広場へ走った。

一間の間合いで、それぞれ八双に構えていた二人に、

「それまで！」

喉も裂けよと声を放ったが、無念無想の境地に入ったものか、二人の耳に届いた様子はなかった。

峯岸は脇差を抜いて、二人のそばに投げつけた。

地面に脇差が突き刺さった次の瞬間、それを合図にしたかのように二人が、

「きえーっ」

「おおーっ」

気合とともに大地を蹴《け》った。

それから決着がつくまで、あっという間もなかった。

二人は同じ箇所——右肩の首の付け根を打ち合い、打ち合った形のまま、彫像のように固まった。それぞれが白目を剝き、立ったまま気絶している。

「わしとしたことが……」

試合を止めるためにしたことが、逆に進行を促がしてしまったらしい。

それでも、最悪の事態は避けられた。

二人は気絶しただけで、命に別状はない。

峯岸は二人に走り寄り、崩れ始めた体を支えた。それから、一人ずつ地面に寝かせた。

二人とも、息はしっかりしている。骨が砕けたりしてもいなかった。

あらためて安堵した峯岸は、

——さて、どこから手をつけよう？

その後の段取りを考え始めた。

考えが纏《まと》まると、当分は意識が戻りそうもない子供たちを残して、広場を出た。

「うぬぬ……」

思わず唸ったのは、着物の下半身を、どす黒く血で染めた時任が、抜き身を杖に近づいて来ていたからだった。

時任はすでに事切れたと思っていただけに、峯岸は驚いた。

「どうなりました？」

試合の結果を問うてきた声も、憎らしいほどしっかりしている。

「もしや、若様が不覚を？」

「いや、そうではない……」

いいながら、峯岸はさりげなく時任に身を寄せ、

「相討ちだった」

と告げた。

「……となると、兵ノ介を生かしておくわけには参りません」

「お前のいう通りだ……が、わしにその気はない。おぬしにも、そんなことをさせるつもりもない」

その言葉が持つ意味を時任が悟る前に、峯岸は時任の杖——血塗《ちまみ》れの刀を、素早く奪い取った。

「な、なにをなされます」

支えを失って、あっさりと地面に倒れた時任の胸の急所を、峯岸は一突きした。

時任がこんどこそ本当に事切れた。

峯岸は溜息をひとつ吐き、

「ここまでしたくはないが……」

呟くと、時任の顔を、ずたずたになるまで斬り裂いた。

それから一郎太の死骸まで歩いていき、手を合わせてから財布を抜き取った。折れた刀の先を含めて、一郎太の大小を回収した。

そうして、あたかも辻《つじ》斬り強盗に遭ったかのように現場を偽装した峯岸は、時任の死骸まで引き返した。

時任の刀を鞘《さや》に入れ直すと、左手で一郎太の大小を抱え、右手で時任の足を掴んで大川端まで引き摺っていった。

石置場は川沿いにあるので、さほどの距離ではなかった。

大川には舟が多数、行き来していた。

峯岸は、こちらへ向けられた視線がないのを確認してから、一郎太の大小を大川へ放った。

時任の身元に繋《つな》がりそうな物も片っ端から剝ぎ取って川へ捨て、代わりに着物の懐や袂《たもと》に、石くれを詰め込めるだけ詰め込んだ。

時任の死骸を大川へ蹴り落とし、ずぶずぶ沈むのを見届けた。

――万一、死骸が浮かんでも、顔で判別されることはない。

すべて手抜かりなくやり遂げた峯岸は、さらに念には念を入れ、死骸を引き摺ってきた痕跡《こんせき》を足で揉《も》み消しながら引き返した。

一郎太の死骸まで点々と続く時任の血痕も、土を被せて処理したあとで、広場へ戻った峯岸は、黒樫の木刀を拾い、腰に差してから、ぐったりした隆一郎を背負って石置場を出た。

本所の控え屋敷ではなく、下谷の屋敷へ向かった。

目を開けると、あたりが薄暗くなっていた。

「いけねえ、早く帰らないと、晩ご飯を食べ損ねちまう」

兵ノ介の頭に浮かんだのは、そのことだった。

跳ね起きたとたん、

「痛たたたっ……」

右肩に激痛が走った。

「あっ！」

兵ノ介は、隆一郎と相討ちになり、気絶したことを、やっと思い出した。

その隆一郎を探したが、

「あれ？」

影も形もない。見つけたのは自分の木刀だけだった。

「独りで先に帰っちまったのか。なんとも愛想のない奴だなぁ」

自分でも不思議に思ったが、なんだかちょっと寂しかった。

別れ際に肩でも叩き、

「お前、強いな」

ひと言、褒めてやりたかったのだ。

そうするうちにも、どんどん暗くなっている。

兵ノ介は木刀を手に走りだした。

――なんだ、こんなところにいたのか。

広場を出てすぐ、数間先の通路に、うつ伏せになった人影を見つけた。

てっきり、自分より少し前に気絶から醒めた隆一郎が、這ってここまで来たと思ったが、

――違う、隆一郎じゃない。

子供にしては、大きすぎた。

「もしもし、大丈夫ですか？」

声をかけても、人影は、ぴくりとも動かない。

ふと、異臭が鼻をついた。金気が混ざった独特の臭い。

「まさか、死んでるの？」

こわごわと近づいた兵ノ介は、思わず立ち竦《すく》んだ。

着物の柄に見覚えがある。

「ち、父上……」

口にした瞬間、頭の中が真っ白になった。

それからあとのことは、なにも覚えていない。

終章

「坊や、聞こえるか、坊や？」

文七《ぶんしち》が問いかけたが、その子はなにも答えなかった。

俯《うつむ》いたまま、顔を向けてくることもない。

目の前で手を振っても、反応はなかった。

「親分、あんなものを見たんじゃ、こうなっても無理はないと思いますよ」

手下の徳一《とくいち》が、いわずもがなのことをいった。

あんなものとは、土間に寝かされ、筵《むしろ》に覆われた浪人の死体のことである。

文七は、この東両国の自身番に呼び出されてすぐに検《あらた》めたが、肩口から腹部まで
ざっくり割られた、それは無残な死体だった。

「まあ、そうだろうな」

文七も、うなずくしかなかった。

浪人の死体は、今朝早く、石置場で見つかった。見つけたのは近所の者だった。

死体のそばに、へたり込んでいたのがこの子で、そのときも、なにを聞いても答

えず、ぼんやりと死体を見つめていたという。

大人でも、死体を見た衝撃で、おかしくなることがある。

まだ十歳にもなっていないと思われる子供では、むしろこうなって当然とさえいえた。

「たぶん、親子なんだろうが……」

「ええ、親分、そうですけど……」

口も利けないとなると、死体の身元がわからない。

「なんだ？」

「どっかで見たような気がしませんか？」

「どっちを、だ？」

死体のほうか、それとも子供のほうか。

「いえ、二人、揃って見たような」

「いつ、どこで？」

「すみません、それがどうにも……」

徳一が頭を掻《か》いた。

「そういやあ……」

なんとなく思い当たった文七が、

「あれはたしか、あんときだ」

「あんときって？」

「溺《おぼ》れ死んだ子供が、越中島に流れ着いたことがあったろう？」

「太助って子でしたね」

「その太助の通夜に来ていた親子連れに、なんとなく似てねぇか？」

「それですよ、親分。間違いありません」

徳一が断言した。

「徳、神田までひとっ走りしろ」

それだけいえば、じゅうぶんだった。

「太助の親に尋ねて骸《むくろ》の身元がわかったら、家族を引っ張って来ます」

手下の徳一が、自身番を飛び出していった。

検視の結果、浪人が殺されたのは、昨日の朝だと判明していた。

筵をかけた死体から腐臭が漂っている。

外の空気が吸いたくなった文七は、自身番の外に出た。

梅雨も明け、初夏の日差しが降り注ぎ、風まで光っている。

背伸びをした拍子に文七は、ふと視線を感じた。

――下手人が、様子を見に来たのかもしれない。

直感した文七は、それとなくあたりに目を配った。

ただでさえ、東両国の広場に面した自身番の前は、大勢の人でごった返している。

殺害の手口から下手人は侍と思われたので、大小を目当てに探すと、数人いた。

その中で気になったのは、塗笠を被った浪人だった。鶴のように痩せているのも、怪しく見えた。

だが、広場を歩くその浪人は、あくまで悠然としていた。

浪人が遠ざかるまで目で追った文七は、

「気のせいだったか」

鼻を摘んで自身番の中へ戻った。

ぎゅるるっ
腹の虫が鳴く音で、兵ノ介は目を醒《さ》ました。
背中の皮とお腹の皮が、くっつきそうになっていた。
外はまだうす暗い。

「雨降ってないかなあ」

兵ノ介は、寝床を出て窓辺に立った。

こんなに空腹では朝稽古《げいこ》どころではない。今朝は勘弁して欲しいと思いつつ、窓障子を開いた。

「あーあ」

期待に反して、雨は降っていない。

未明の空に雲ひとつなかった。

やれやれと溜息《ためいき》を吐いた兵ノ介は、枕元に転がっていた木刀を携《たずさ》えて、階段をとんとんと下りていった。いつもならまだ眠っている志津が、茶の間に足を投げだして座っていた。

早起きしたせいか、志津は呆《ほう》けたような顔をしている。

茶の間の奥の壁の前に、見慣れない物が置かれているのも目に入った。

白布を被せた台の上に、なにか載せられているのだが、まったく興味を惹かれなかった。

「あれ、姉ちゃん、もう起きてたの？」

志津が、雷に打たれたように体をびくりとさせ、

「やっと目を醒ましたのね」

「なにが、やっとだよ。姉ちゃんが早起きしただけじゃないか」

「なにいってんの、もう夕方よ」

「はあ？」

「昨日、家に戻ってから、あんた、ずっと寝てたのよ」

「なんだ、そういうことか。道理で腹も空《す》くはずだ」

兵ノ介は、ぺったんこのお腹を摩《さす》ってみせた。

「腹が空いた？　母上とあたしが、どんだけ心配したと思ってんのよ！」

怒った志津が立ち上がった。兵ノ介のほうへ向かってくる。

打《ぶ》たれそうな勢いだが、なぜか、志津の両目は潤んでいた。

それに気を取られて逃げ遅れた兵ノ介は、あろうことか、志津に抱きしめられた。

「止めてよ、気色悪い」

兵ノ介は木刀を持った手で、志津を押し退《の》けた。

「なんで、そんなもの持ってんの？」

「てっきり朝だと勘違いして、稽古に行くつもりだったんだよ」

「そうなの……。独りでも、稽古を続けようと思ったのね」

志津が、妙にしんみりといった。

「独りじゃないよ。父上はもう先に行っ……」

言葉の途中で、兵ノ介は、はっとした。

——俺はさっきから、なにをいってるんだろ？

夕方だから朝稽古はないとわかったのに、俺はまだ先に河原へ行った父上が、そこで待っていると思い込んでいる……。

志津が、びっくりしたように目を瞠《みひら》いた。

二人とも同じところに立っているのに、なぜか、志津がすぅーっと遠ざかっていく。

「姉ちゃん、俺、なんか変だよ」

「お腹が空いたせいよ。食べればすぐに元気になるって。母上は用事で出かけてるから、姉ちゃんがなんか作ってあげる」

「違う、そんなんじゃない」

兵ノ介は否定したが、なにがどう違うのか、自分でもわからなかった。

「いいから、待ってて」

志津が台所へ向かって歩き始めたとたん、兵ノ介は激しい孤独感に襲われた。

「姉ちゃん、行かないで！」

兵ノ介の絶叫に、志津が引き返してきた。

「大丈夫、兵ノ介？」

「……寂しいんだよ。目茶苦茶、寂しいんだよ」

くらくらと眩暈《めまい》がしてきた。

一郎太の変わり果てた姿が、脳裏にまざまざと浮かんだのは、そのときだった。

不思議といえば、これほど不思議なこともないだろう。

兵ノ介は、一郎太の亡骸《なきがら》を見たことを、この瞬間に至るまで忘れていたのだ。

「姉ちゃんも、寂しいよ……」

志津がわっと泣きだした。

こんどは兵ノ介のほうから、志津を抱きしめた。

手から離れた木刀が、畳の上に落ちたとき、志津の肩越しに、白布を被せた台が見えた。

台の中央に、半紙を敷いた毛髪の束。その左右に白菊を活《い》けた花立て。前に置かれた香炉から、うっすらと立ち昇る線香の煙……。

さっきは興味を惹かれなかったそれらに、目が釘づけになった。

いつのまにか帰宅した郁江が、嗚咽《おえつ》を堪《こら》えて見守っていることにも、気づかなかった。

泣いて、泣いて、泣き続けた。

兵ノ介は、志津と競うように泣きだした。

「父上が……死んじゃった」

翌日の昼過ぎ——。
兵ノ介は、こっそり家を抜け出した。
黙々と歩いて向かったのは、あの石置場だった。
なぜ、石置場かというと、あの日、そこでなにが起きたのか、思い出すためだっ
た。
兵ノ介は、記憶に障害を起こしていた。一郎太の死骸を見たことは思い出せたが、
太助が亡くなったあたりから、ほぼ一月分の記憶がごっそり抜け落ちていた。
自分が石置場にいた理由すら、わからなかったのである。
一郎太の大小と懐中物が失われていたことから、辻《つじ》斬りの仕業と目されていた。
その下手人を、兵ノ介が目撃した可能性がある。

現場に戻れば、なにか思い出せるかもしれない。そう考えてのことだった。

石置場の入口に辿《たど》り着いたところで、兵ノ介は立ち止まった。

急に怖気《おじけ》づいていた。

中へ入ったとたん、また自分が変になりそうな予感がした。

どうかすると、自分が誰なのかも、わからなくなってしまうかもしれない……。

「馬鹿っ！　そんなことに構ってる場合か」

兵ノ介は自分を叱りつけ、思い切って石置場へ足を踏み入れた。

拍子抜けするほど、平気だった。

そこからは、ずんずん進み、現場まで辿り着いた。

「あれ？」

場所を間違えたのかと思った。現場にはなんの痕跡《こんせき》も残っていなかった。

ただ、かすかにあの臭いが漂っている。

兵ノ介は一郎太の亡骸があった場所に黙禱《もくとう》を捧げてから、記憶を取り戻す糸口を求めて、周囲に視線を巡らせた。

だが、なにも頭に浮かんでこない。

弁慶たちに連れて行かれた広場へも行ってみたが無駄だった。

もう一度、現場へ戻ろうとしたとき、視界の端を人影が横切った。

「誰だ、出てこい」

兵ノ介は、腰の木刀に手を伸ばした。

積み石の陰から、ゆらりと現れたのは、見知らぬ浪人だった。

歳は五十歳くらいで、総髪を束ねている。

背は普通だが痩せていて、灰色の地味な着物が、衣紋《えもんか》掛けに吊《つ》るされているように薄かった。

なにが楽しいのか、浪人は目元を緩めて近づいてくる。

しかし、眼光鋭い瞳《ひとみ》は、少しも笑っていなかった。

――こいつかもしれない、父上を斬ったのは……。

兵ノ介は、木刀を抜いて構えた。

「そう思われても仕方がないが、違う」

浪人が兵ノ介の心を読んだかのようにいった。

それだけでも驚いたが、

「わしは、ここでお前の父親が殺されるのを見た」

浪人が続けたときには、腰が抜けそうになった。

「父上を殺した相手も見たの？」

浪人がうなずいた。

「殺した相手のことも知っておる」

「なんで知ってるの？」

「………」

浪人はそこまで答える気はなさそうだった。

「誰？　どこのどいつ？」

「知ってどうする？」

「父上の仇《かたき》を討つに決まってる」

「心がけは褒めてやるが、子供のお前が勝てる相手ではない。死ぬとわかっていて、教えるわけにはいかぬ」

「返り討ちにされてもいいから教えてよ」

「それほど知りたいか？」

「うん」

「ならばわしと勝負しろ。わしに勝てぬようでは、その男を斃《たお》すことなどできない」

「俺が勝てば、教えてくれるんだね？」

「武士に二言は無い」

「わかった、やるよ。やるけど、真剣と木刀じゃ、不公平だ」

「おいおい、小童《こわっぱ》を相手に、真剣で立ち会う気などない。どころか、わしは得物を使う気もない」

「なにも？」

「ああ」

「俺はこの木刀で？」

「そうだ。思う存分、その木刀で、わしを打つがいい。ただし、できればの話だが……」

「約束はちゃんと守ってね」

「いいから、さっさとかかってこい」

浪人はいった通り、大刀を抜かなかった。

身構えもせず、ただ悠然と立っていた。

ここまで子供扱いされると、兵ノ介もむかついた。

熱くなった気持ちを木刀に込め、

「えいやっ！」

浪人に打ちかかった。

一瞬、木刀が当たったと勘違いしたほど、ぎりぎりの間合いで、浪人が見切った。

ひらりという音が聞こえたかと思ったほど、見事な身のこなしだった。

しかも浪人は、兵ノ介の木刀が起こした風に煽《あお》られたかのように宙を舞い、音もなく着地したときには、三間も先にいた。

まるで天狗《てんぐ》。あまりの格の違いに、兵ノ介の口が半開きになった。

「どうした、もう諦《あきら》めたのか？」

「まだ、これからだ！」

いい返したものの、内心、途方に暮れていた。

——いや、相手は反撃してこない。そこが付け目だ。

防御は考えず、攻撃に徹すればいい。そう思い直した兵ノ介は、浪人と体が触れ合うくらい身を寄せてから、突きを放った。

「えっ？」

浪人が、霞《かすみ》のように消えていた。

「ここだ」

と声がしたのは、なんと後ろからだった。

——そんな馬鹿な……。

呆然自失に陥りかけた自分を、

「ええいっ！」

兵ノ介は気合で励まし、すぐに浪人に向き直った。

打ち込む気配を見せて浪人を誘い、躱《かわ》したところへ木刀を見舞うつもりで肉薄した。

まんまと誘いに乗った浪人が、向かって右へ動いた。

——しめた！

すかさず、兵ノ介は木刀で薙《な》いだが、またしても浪人の姿が掻き消えた。

虚《むな》しく空を切った勢いで体を泳がせた兵ノ介を、

「鬼さん、こちら……」

と囃《はや》す声が、頭上から降って来た。

積み石の上に立った浪人が、うす笑いを浮かべて見下ろしている。

「くそっ！」

兵ノ介は、一丈ほどの高さがある石の山を攀《よ》じ登ろうとしたが、

「……手の鳴るほうへ」

と続いたときには、浪人はもうそこにいなかった。兵ノ介のそばに飛び降りていた。

ぶちっ

頭の中でなにかが切れる音がした。

それからは、我武者羅《がむしゃら》に木刀を振るった。間合いを詰めては攻撃を繰返した。徒労だった。

ついに力尽きて、兵ノ介が地べたにへたり込んだのは、四半刻《しはんとき》も過ぎたころだった。

頭から水を浴びたように汗塗《まみ》れになった兵ノ介を、

「その程度で、よくも父の仇を討つなどといえたものだ」

鼻の先で嗤《わら》った浪人は、息を荒らげてもいなかった。

拳《こぶし》で地面を叩くこともできなくなっていた兵ノ介は、

「いつか必ず、倒してみせる」

悔し紛れに呟いた。

すると、浪人がこんなことをいいだした。

「いつでも相手になってやろう。ただし……」

「ただし、なんだ？」

「わしは武者修行の最中、江戸に立ち寄っただけだ。この足で江戸を離れて旅を続ける。お前はわしを追うしかなくなるが、それでよければついてこい」

この上もない無茶な提案だったが、

「わかった、そうする」

兵ノ介は即答した。

大好きだった父の変わり果てた姿を、思い起こすまでもない。一郎太の無念を想えば、そんなことは大したことではなかった。

また、数えで八歳の子には、下手人を突き止める別の手立てもあると考える知恵も経験も足らなかった。浪人についていく以外、父の仇は討てないものと思い込んでいた。

自分から切り出しておきながら、浪人は呆《あき》れ顔になった。

「このまま、江戸を出て、家族とはこれきりだ。本当にわかっているのか？」

兵ノ介は黙ってうなずいた。

「辛《つら》くはないのか」

「いくらでも我慢する」

「家族も心配するぞ」

「そのためにも、一日も早く、江戸へ帰れるように頑張る」

「甘いな、小僧。十年、いや二十年かかっても、わしには勝てぬ」

「やってみなければわからない。いや、石に齧《かじ》りついても、勝ってみせる」

返答を重ねるごとに、兵ノ介の決意は強固になった。

「まあ、いい。家が恋しくなったら、いつでも勝手に帰るがいい」

浪人が、先に立って歩きだした。

その背に向かって、

——死んでも帰るもんか！

心の中でいい返した兵ノ介は、浪人が峯岸一鬼であることも、まだ知らなかった。

本書は書き下ろしです。

旅《たび》立《だ》ち

ふたつぼし(零《れい》)

中《なか》谷《たに》航《こう》太《た》郎《ろう》

平成28年 6月25日　初版発行

発行者●郡司 聡

発行●株式会社KADOKAWA
〒102-8177　東京都千代田区富士見2-13-3
電話 0570-002-301（カスタマーサポート・ナビダイヤル）
受付時間 9:00～17:00（土日 祝日 年末年始を除く）
http://www.kadokawa.co.jp/

角川文庫 19818

印刷所●旭印刷株式会社　製本所●本間製本株式会社

表紙画●和田三造

ISBN978-4-04-103482-8　C0193

角川文庫発刊に際して

角川源義

第二次世界大戦の敗北は、軍事力の敗北であった以上に、私たちの若い文化力の敗退であった。私たちの文化が戦争に対して如何に無力であり、単なるあだ花に過ぎなかったかを、私たちは身を以て体験し痛感した。西洋近代文化の摂取にとって、明治以後八十年の歳月は決して短かすぎたとは言えない。にもかかわらず、近代文化の伝統を確立し、自由な批判と柔軟な良識に富む文化層として自らを形成することに私たちは失敗して来た。そしてこれは、各層への文化の普及滲透を任務とする出版人の責任でもあった。

一九四五年以来、私たちは再び振出しに戻り、第一歩から踏み出すことを余儀なくされた。これは大きな不幸ではあるが、反面、これまでの混沌・未熟・歪曲の中にあった我が国の文化に秩序と確たる基礎を齎らすためには絶好の機会でもある。角川書店は、このような祖国の文化的危機にあたり、微力をも顧みず再建の礎石たるべき抱負と決意とをもって出発したが、ここに創立以来の念願を果すべく角川文庫を発刊する。これまで刊行されたあらゆる全集叢書文庫類の長所と短所とを検討し、古今東西の不朽の典籍を、良心的編集のもとに、廉価に、そして書架にふさわしい美本として、多くのひとびとに提供しようとする。しかし私たちは徒らに百科全書的な知識のジレッタントを作ることを目的とせず、あくまで祖国の文化に秩序と再建への道を示し、この文庫を角川書店の栄ある事業として、今後永久に継続発展せしめ、学芸と教養との殿堂として大成せんことを期したい。多くの読書子の愛情ある忠言と支持とによって、この希望と抱負とを完遂せしめられんことを願う。

一九四九年五月三日

角川文庫ベストセラー

ふたつぼし　壱
中谷航太郎

18歳の兵ノ介は、ある男を追いかけて諸国を放浪していた。その男を倒せば、父の死の真相が明らかになる……しかし、その口から出た言葉は……お互いの立場や関係に、悩み苦む青年の成長記。

ふたつぼし　弐
中谷航太郎

流浪の生活を送っていた兵ノ介は、念願かなって仇敵と果たしあった後、姿をくらましてしまう。一方、江戸で大店を構える伝兵衛が彼の消息を追うと、倉賀野宿で用心棒をする男が兵ノ介と名のっており……。

髪ゆい猫字屋繁盛記　忘れ扇
今井絵美子

日本橋北内神田の照降町の髪結床猫字屋。そこには仕舞た屋の住人や裏店に住む町人たちが日々集う。江戸の長屋に息づく情を、事件やサスペンスも交え情感豊かにうたいあげる書き下ろし時代文庫新シリーズ！

髪ゆい猫字屋繁盛記　寒紅梅
今井絵美子

恋する女に唆されて親分を手にかけ島送りになった黒岩のサブが、江戸に舞い戻ってきた――⁉　喜びも哀しみもその身に引き受けて暮らす市井の人々のありようを描く大好評人情時代小説シリーズ、第二弾！

髪ゆい猫字屋繁盛記　十六年待って
今井絵美子

余命幾ばくもないおしんの心残りは、非業の死をとげた妹のひとり娘のこと。おたみはそんなおしんに心を寄せて、なけなしの形見を届ける役を買って出る。人と真摯に向き合う姿に胸熱くなる江戸人情時代小説！

角川文庫ベストセラー

赤まんま
髪ゆい猫字屋繁盛記
今井絵美子

木戸番のおすえが面倒をみている三兄妹の末娘、まだ4歳のお梅が生死をさまよう病にかかり、照降町の面面は、ただ神に祈るばかり——。生きることの切なさ、ままならなさをまっすぐ見つめる人情時代小説第5弾。

望《もち》の夜《よ》
髪ゆい猫字屋繁盛記
今井絵美子

佐吉とおきぬの恋、鹿一と家族の和解、おたみに初孫誕生……めぐりゆく季節のなかで、猫字屋の面々にも、それぞれ人生の転機がいくつも訪れて……江戸の市井に息づく情を豊かに謳いあげる書き下ろし第四弾！

雁渡り
照降町自身番書役日誌
今井絵美子

日本橋は照降町で自身番書役を務める喜三次が、理由あって武家を捨て町人として生きることを心に決めてから3年。市井に生きる庶民の人情や機微、暮らし向きを端正な筆致で描く、胸にしみる人情時代小説！

寒雀
照降町自身番書役日誌
今井絵美子

刀を捨て照降町の住人たちとまじわるうちに心が通じ合い、次第に町人の顔つきになってきた喜三次。そんな自分に好意を抱いてくれるおゆきに対して憎からず思うものの、過去の心の傷が二の足を踏ませて……。

虎落笛《もがりぶえ》
照降町自身番書役日誌
今井絵美子

市井の暮らしになじみながらも、武士の矜持を捨てきれず、心の距離に戸惑うこともある喜三次。悩みや問題を抱えながら、必死に毎日を生きようとする市井の人々の姿を描く胸うつ人情時代小説シリーズ第3弾！

角川文庫ベストセラー

表御番医師診療禄4
悪血
上田秀人

御広敷に務める伊賀者が大奥で何者かに襲われた。表御番医師の矢切良衛は将軍綱吉から命じられ江戸城中から御広敷に異動し、真相解明のため大奥に乗り込んでいく……書き下ろし時代小説シリーズ、第4弾！

表御番医師診療禄5
摘出
上田秀人

将軍綱吉の命により、表御番医師から御広敷番医師に職務を移した矢切良衛は、御広敷伊賀者を襲った者を探るため、大奥での診療を装い、将軍の側室である伝の方へ接触するが……書き下ろし時代小説第5弾。

表御番医師診療禄6
往診
上田秀人

大奥での騒動を収束させた矢切良衛は、御広敷番医師から、寄合医師へと出世した。将軍綱吉から褒美として医術遊学を許された良衛は、一路長崎へと向かう。だが、良衛に次々と刺客が襲いかかる――。

浪人・岩城藤次(一)
江戸裏御用帖
小杉健治

居酒屋の2階で女を人質に立てこもる事件が起きた。同心・新之助が男の説得を試みるが、男は聞く耳を持たない。その時、近くを通りかかった浪人・藤次を見付けた新之助は、彼に協力を仰ぐが……。

浪人・岩城藤次(二)
江戸裏枕絵噺
小杉健治

江戸の町で辻斬り事件が発生した。同心の新之助は、犯人を捜すのに躍起になる。一方、浪人・藤次も辻斬りに出くわす。被害者に共通点があるようだが…。ワケあり浪人と女たらし同心のコンビが復活！

角川文庫ベストセラー

角川文庫ベストセラー

雲竜
火盗改鬼与力

鳥羽 亮

町奉行とは別に置かれた「火付盗賊改方」略称「火盗改」は、その強大な権限と広域の取締りで凶悪犯たちを追い詰めた。与力・雲井竜之介が、5人の密偵を潜らせ事件を追う。書き下ろしシリーズ第1弾！

闇の梟
火盗改鬼与力

鳥羽 亮

吉原近くで斬られた男は、火盗改同心・風間の密偵だった。密偵は、死者を出さない手口の「梟党」と呼ばれる盗賊を探っていたが、太刀筋は武士のものと思われた。与力・雲井竜之介が謎に挑む。シリーズ第2弾。

入相の鐘
火盗改鬼与力

鳥羽 亮

日本橋小網町の米問屋・奈良屋が襲われ主人と番頭が殺された。大黒柱を失った弱みにつけ込み同業者が難題を持ち込む。しかし雲井はその裏に、十数年前江戸市中を震撼させ姿を消した凶賊の気配を感じ取った！

百眼の賊
火盗改鬼与力

鳥羽 亮

火事を知らせる半鐘が鳴る中、「百眼」の仮面をつけた盗賊が両替商を襲った。手練れを擁する盗賊団「百眼一味」は公然と町奉行所にも牙を剝く。ひるむ八丁堀をよそに、竜之介ら火盗改だけが賊に立ち向かう！

虎乱
火盗改鬼与力

鳥羽 亮

火盗改同心の密偵が、浅草近くで斬殺死体で見つかった。密偵は寺で開かれている賭場を探っていた。寺での事件なら町奉行所は手を出せない。残された子どもたちのため、「虎乱」を名乗る手練れに雲井が挑む！